ヴンダーカンマー
星月 渉
Wunderkammer
Wataru Hoshizuki
竹書房

ヴンダーカンマー

星月 渉

竹書房

装画　ねこ助
装幀　田中玲子

もくじ

※本書は、小説投稿サイト〈エブリスタ〉と竹書房のコラボによる長編ホラー小説コンテスト「第一回最恐小説大賞」の受賞作です。
物語はフィクションです。登場する人物・団体・名称等は架空であり、実在のものとは関係ありません。一部過激な表現を含みますが、これらは差別・侮蔑を意図する考えに基づくものではありません。

そんな目をしてこっちを見ないで
まるで憐れんでいるみたい
きっとあなたみたいな人は
息をするように簡単に言う
逃げればよかったのにってね
だけど靴すら探してくれない
憐れみなんかいらないから
業火の中を裸足で踊るあの子たちに靴をちょうだい
あの子たちにね
私はもう靴なんか欲しくない

1. 北山耕平

Kohei Kitayama

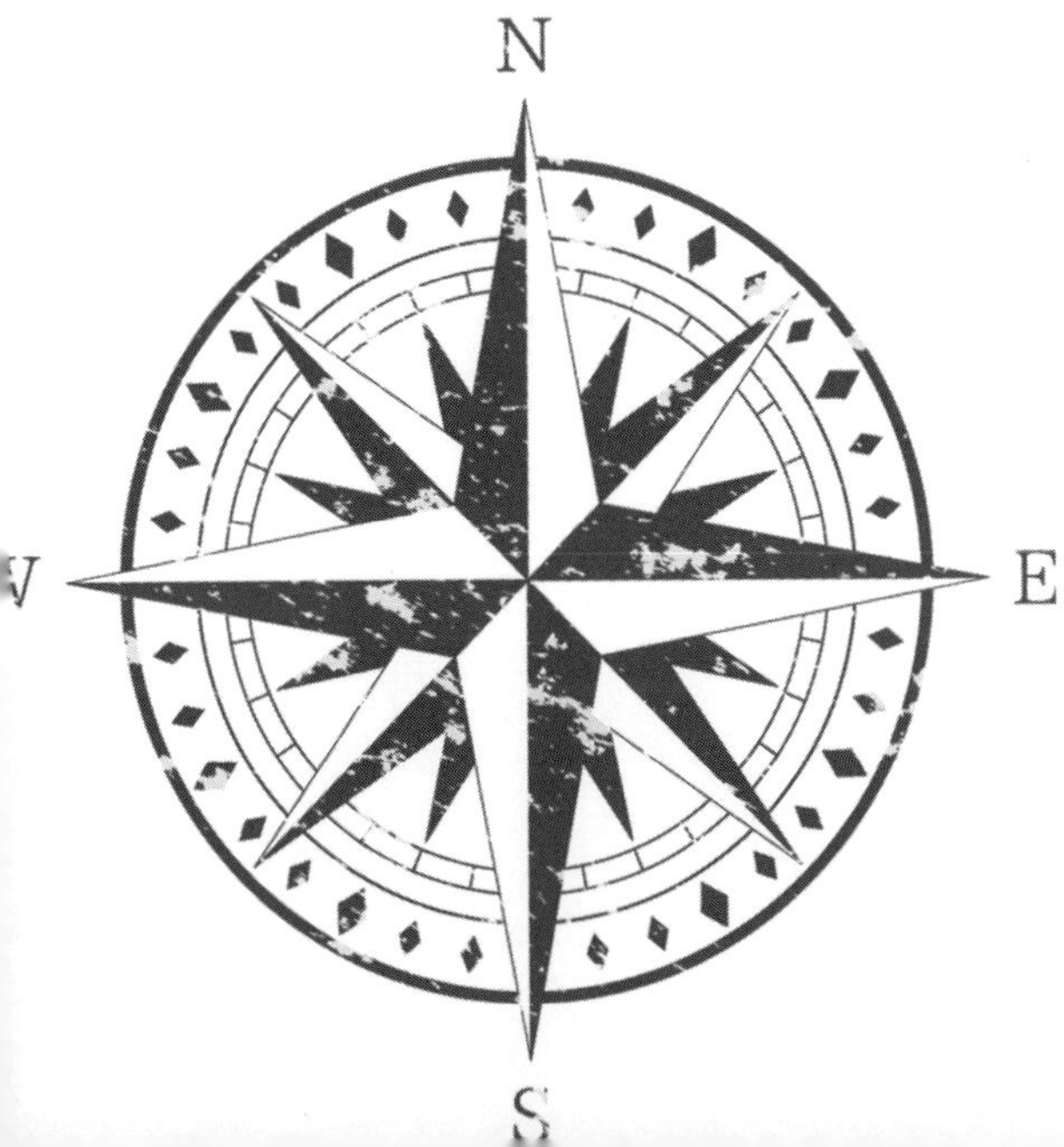

どんなひとの話も聞いてやれ。だが、おのれのことをむやみに話すではない。他人の意見には耳を貸し、自分の判断はさしひかえること。

——ウィリアム・シェイクスピア『ハムレット』

〈ホルマリン〉という単語を聞くと、この町の子どもやこの町で子ども時代を過ごした人の大半が、きっと、あのヴンダーカンマーに展示されている〈胎児のホルマリン漬け〉を連想するとは思いませんか？

何しろ小学校でも中学校でも課外活動などで、あのヴンダーカンマーに近づく機会が多すぎるのですから。あそこには胎児のホルマリン漬けだけでなく、初代館長の霜村鑑三（しもむらかんぞう）氏が個人で蒐集（しゅうしゅう）した奇想天外なものが二万点ほど、展示されていますね。

霜村氏は死後自分の内臓までホルマリン漬けにしてコレクションに加えました。彼の脳は格別に興味深かった……。でも、やっぱりあの胎児のホルマリン漬けに勝るインパクトを持つ展示物はないと思います。

あれを見ると、色んな疑問が思い浮かびませんか？

人道的にどうなのだろうか？　という上辺だけの道徳心がもたらすものかもしれないし、いったいどんな成り行きでホルマリン漬けにされたのだろう？　という好奇心を剥き出しにしたものかもしれない。或いは、この胎児の大きさを考えると、中絶は不可能な週数であるはずだから、死産した子どもなのだろうか？　と医学的にどうやって取り出したかが気になるかもしれませんね。

僕の場合は、皆さんにも予想がつくのではないでしょうか。

僕の疑問はあの胎児は本当は嬰児(えいじ)なのではないのか？

そして、胎児だろうが嬰児だろうが、育んだ筈の母体は——母親はその後生きていただろうか？

ということです。

あのヴンダーカンマーの近くを通る度、僕はそんなことを考えてしまいます。

僕の生い立ちを考えていただけたなら、皆さんも納得ですよね？

僕が十六年前の、殺人事件の被害者家族だということは、この町の住人なら誰でも知っています。小さな田舎町で起きた凄惨な事件は「僕」の周りでは風化することがない。

犯人が未だに捕まらず、手がかりさえないので、風化しない方がいいはずだ——。

そう言う声が聞こえてきそうですが、僕は産まれてからというもの、他人の目に晒されている気分をずっと味わい続けているわけだから、いっそのこと、風化して欲しいとさえ思うことがあります。

僕は一見には静謐(せいひつ)なあの家で、祖父母の子どもとして育てられました。遠方の親戚にでも養子に出せば、祖父母の苦しみは、もう少し軽くなったはずです。僕もおそらくその方が幸せだったでしょう。

虐待とまではいきませんでしたが、祖父母の冷ややかな態度から、物心つくころにはすっかりあの人たちにとって僕が厄介者だけでは済まない存在なのだと実感していました。

「なんで、鈴子(すずこ)が死んで、父親が分からないどころか※※※※※※※※※※」

祖母からこんな風に罵(ののし)られるのが僕の日常でした。鈴子というのはもちろん僕の母の名前です。祖母の口癖はいつも後半部分に差し掛かると耳鳴りがして、よく聞き取れませんでした。

祖父母はものすごく体裁を気にする人種でした。それに「旧家だ」とか「先祖代々の土地が」とか、祖父母も近所の大半の大人と同じように、そういうことを重んじていました。

たとえ広大であろうとも、実際はそんな資産はあまり役に立たないという現実から目を背けて生きているような人たちでした。祖父母の家の物々しい日本家屋では、仏間の写真でしか見たことがない、誰だかよく分からない人の「法事」がしょっちゅう行われていて、その度に僕は納戸に閉じ込められました。

けれども時には母の法事の日もありました。

僕という存在のせいで母も祖父母にとっては、殺される数ヶ月前から厄介者ではあったようです。それでも一人娘が死んだということで、祖父母の胸中に複雑な思いが巡るようでした。

母の写真で唯一、僕が自由に見ることができるのが、仏間の壁にずらりと並んでいる、最近のご先祖様の末座に据えられた黒い縁取りのある一枚です。

微笑み一つない味気ない表情の母は、母と呼ぶには、あまりにもあどけない様子です。

写真の母の襟（えり）には校章が付いています。

そう、この椿ヶ丘学園高校の椿の葉の校章です。おそらくあの写真は学校の集合写真を引き伸ばして作られたものなのでしょう。輪郭がぼやけているのも納得です。

僕が進学をこの椿ヶ丘学園高校に決めたのは、たった一枚の写真からここが母の母校だと分かったから……。そんな理由からでした。少しでも母の存在を感じることができたらと、いささかセンチメンタルな動機ではありました。

けれどもこの学校に入学したところで、僕の日常はほとんど変わりませんでした。だいたいどこに行っても、数日で僕を見ている人の目の色が変わります。知っていますか？　目の色って本当に変わるんですよ。瞳孔（どうこう）の開き具合で色が変わるんでしょうか？

そして、ピンと緊張感が張り詰めて空気が音を立てるんです。

この町のどこへ行っても……。

この町にとっての僕はそういう存在なんでしょう。

そんな風に出会った人が目の色を変えて遠巻きにしていく、それが僕の日常でしたが、それだけでは済まないのだと思い知った出来事もありました。

ある時、校門で待ち伏せしている観光客の団体が僕を取り囲みました。

「君、北山耕平くんだよね？」

「うわ。本物？　すげえ」

「写真撮っていいかな？　えー。なんで？　じゃあ一枚だけ。一枚だけならいいよね？」

東京の大学のオカルト研究会だかなんだかの人たちは、ネットで見た母が殺された事件に興味を持って、検索に検索を重ねてこの椿ヶ丘まで来たと言うんです。

この町でなくてもネットでもこんな風に自分が見られているのか？　見つけられてしまうのか？　そう思うと、絶望的な気持ちになりました。

「や、やめてください」

「いいじゃん。ネットに上げたりしないからさあ。ね？」

「やめろって本人が言ってるのが聞こえないの？　盗撮する気ならすぐ警察呼ぶよ？」

僕がハッと後ろを向くと、一一〇番をスマートフォンに表示させて今すぐにでも画面をタップするそぶりで大学生を威嚇している女子がいました。通報にひるんだ大学生たちはしぶしぶ学校を後にしました。

この時大学生を威嚇してくれた女子こそが、渋谷唯香さんでした。渋谷さんも、僕に目の色を変えてはいましたが、それは他の人間とは違う色合いでした。

好奇心と侮蔑と疑惑と同情。僕を見る目は大体これが複雑に入り混じった色合いになることがほとんどですが、渋谷さんの場合は小さな子どものそれと同じで、好奇心一色でした。

「北山くんはもう少し自分から他の人となじむ努力をしたほうがいいんじゃない？」

「人間関係に向かって努力をする意味も分からないし、その努力が報われない確率の方が高いことを経験上知っているからね」

「ふうん」

この「郷土資料研究会」に入ったばかりのころ、渋谷さんとそんな会話をしました。

椿ヶ丘に入学しても、部活や同好会には一切入らないつもりでしたが、同好会を作るのに人数が足りないので、名前だけでもと彼女に言われて入りました。

同好会を作るには、少なくとも五名は必要だということでした。


〈郷土資料研究会〉


具体的にどんな活動をする同好会か聞いていなかったので、入会届を差し出された時、渋谷さんの愛らしい容貌からはおよそ考え難(がた)い、何やら堅苦しい名前にぎょっとしました。

「いったい、どんな活動内容？」

僕がそう尋ねると渋谷さんは長い髪を耳にかけながら、クスクス笑ってこう言いました。

「私、自分のヴンダーカンマーを作りたいのよ」

「え？」

「そんなに驚かないで。冗談だから。ほら、この町の伝承とか歴史的建造物とかについて、調査したり、研究したりするの。北山くんだってきっと興味あると思うよ？」

「僕は……。どうかな？　正直微妙だね」

「城跡の近くにあるふしぎ博物館。北山くんはあれになら間違いなく興味あるでしょ？」

〈城の里ふしぎ博物館〉それがあのヴンダーカンマーの正式名称であることは、みなさんももちろんご存じですよね？　渋谷さんが何を言おうとしているのかに思い当たった僕は、この時かなりムッとした表情を隠せていなかったはずです。

「もしかして、怒ってる？」

「怒らないでいる方が間違いなく難しいね。なんだ。渋谷さんはあの東京から来たオカルト研究会の連中と変わらない人種ってこと？」

渋谷さんはコロコロと笑いました。なんだか怒っているのが馬鹿らしくなる笑い声でした。

「もっと酷いかもしれない。でもね、私はあんなに不躾じゃないはず」

僕は怒っていたはずでした。でも結局、渋谷さんに勧められるままに郷土資料研究会の入会届に名前を書きました。

渋谷さんには紙を差し出す前から、僕が入会することが分かっていたはずです。僕の周囲には近しい親しめる大人はおろか、友人もいたことはありませんでした。

人間関係に背を向けて生きていくしかなかった僕にとって、継続的に建設的な（或いは建設的ではない）会話ができる相手がいるということがどれほど刺激的であったかを、彼女は決して見逃してはいなかったと思うからです。

ユーレイ部員になる気でしたが、部室がこの場所だったというのは、とても蠱惑的（こわくてき）でした。

旧校舎本館、通称〈本館〉のかつて自習室であったらしいこの部室。

「本館は椿ヶ丘を象徴する場所だ」と言う人が卒業生にも多いようですね。明治三十五年に建てられたこの建物は、県内の現存する最古の学校建築なのだとか。ほんのりとした桜色の外壁に木製の格子のついた大きな高い窓、階段の手すりに施された彫刻。二階はかつて職員室として使われていたこともあったようですが、二十年前、重要文化財に指定されてからというもの、保存に力を入れはじめたのか、現在、開放はされているものの、本館の部屋はほとんど使用されていませんでした。

僕は入学当初からこの本館に魅せられていました。この建物に足を踏み入れた時の自分の足音、人の話し声の響き方や、古い建物特有の、けれど不愉快ではない匂いが、特に気に入っていました。ふと見上げた窓の、均一ではないムラのあるガラスに、なんだか心が和むのです。

——母もこの場所が好きだったかもしれない。

いつからかそんな夢想に囚われていた僕は、毎日のように郷土資料研究会に顔を出していました。

この研究会で最初に取り組んだのも、この本館でしたね。ここに部室を構えられたのは、顧問になってくださった、渋谷先生のご希望からなのだとか。それに関しては少し渋谷さんのことが嫉ましくもありました。母親が椿ヶ丘の先生で、自分の立ち上げた同好会の顧問になって欲しいと、ねだることができるのが羨ましかった。渋谷さんと渋谷先生は、とても仲の良い親子だったことが想像に難くなく、それが羨ましかったんです。

それにしても、渋谷さんはなぜ、人数合わせに僕を誘ったのでしょう？　郷土資料研究会の他のメンバーは渋谷さんが寄せ集めたと言っていたわりに目立つ人ばかりでした。

もちろん皆さんのことです。

南条先輩はこの椿ヶ丘で、ほんの数名しか出たことのない特待生で、人望厚い生徒会長ですし、西山さんは学園祭のミスコンでグランプリになるような人でした。

そして、東くん。

東くんは女子の大多数から「リッチー」と呼ばれている人気者でした。とびぬけて明るい雰囲気で、クラスに一人はいると助かる盛り上げ役。

「リッチー」というあだ名は東くんの名前の陸一（りいち）とお金持ちの意味のリッチを掛け合わせてつけられたもののようですね。東くんは代々沢山の事業をこの町でしている名家の御曹司で「玉の輿狙いたいならリッチー」だなんて女子はよく言っていました。

東くん……。ああ、みなさんそんなに下を向かないでください。渋谷先生も。今日、先生に来ていただけるとは思ってもいませんでした。ありがとうございます。

今、先生の前で東くんの話をするなんて！　と思われるかもしれません。けれど、僕は渋谷さんを殺したのが、東くんだとはとても思えないんです。


あの日、渋谷さんが殺された日。なぜだか僕ら全員が目撃しました。

本館の正面玄関左手の階段の二階の手すりから、こと切れた渋谷さんが吊るされていました。

死因は絞殺ではなかったと警察からは発表されていますが、まるで首吊り死体のようでした。渋谷さんの遺体は踊り場に飾られている初代校長の肖像画に、まるで見下ろされているようでした。そして、渋谷さんの近くで必死の形相で何かをしている血まみれの東くんの姿を、ここにいる全員が見ました。

東くんはわけの分からないことを言っていましたし、渋谷先生が通報してから、すぐに駆け付けた警察官も東くんが渋谷さんを殺したのだと思ったのでしょう。

東くんの身柄は速やかに拘束されました。

あの時、あの場にいた全員に冷静な判断は望めなかったと思います。渋谷さんの死体は直視が困難なくらいひどい有様でしたから。

西山さんは、悲鳴を何度もあげてから、泣きわめいていましたね。

南条先輩は廊下に張り巡らされている、花柄のじゅうたんに吐いていました。

僕は、東くんの様子をただ凝視していました。

彼を止めるべきなのか、そうでないのかもよく分からなかった。

東くんは温かそうな色の何かを必死で渋谷さんに戻そうとしているようにも見えました。

ケネディ大統領が暗殺された時、ジャクリーン夫人は夫の飛び散った頭蓋骨の一片を手にしていたという話が、頭をよぎりました。血が噴き出している傷口に、はみ出した内臓を入れてみたところで、どうにかなるはずもない……。

頭ではそう理解しつつ、どうにかしようと不可解な行動を繰り返している東くんの異常な姿を見て、僕はそれでなんとかなるような気さえしました。それくらい僕は渋谷さんの「死」を受け入れたくなかったのです。

東くんはもしかしたら、ああすれば渋谷さんが蘇生すると思っていたのかもしれませんし、気が動転していて、とっさにとった行動があれだったのかもしれません。確かに凶器のメスは東くんの近くに落ちていましたし、事件の数日前に渋谷さんと東くんが一年生の教室の前の廊下で揉めていたのを、沢山の人が目撃しています。

皆、口を揃えて言うのは渋谷さんが言った何かに、東くんがカッとなって、

「嘘ついてんじゃねえよ。お前、マジでぶっ殺してえ!」

というような言葉で恫喝(どうかつ)していたということです。その時の渋谷さんの様子はまるで東くんの恫喝など聞こえていないかのように、あまりにもいつも通りだったので目撃した人も、帰宅する

ころには気に留めない出来事になってしまったようです。

事件が起きてから、この目撃情報がクローズアップされ過ぎてはいないでしょうか？

元々、渋谷さんは人をからかったり怒らせたりして、相手の様子を見るのを楽しんでいる傾向のある人でした。実際、僕も先ほどお話ししたようなことが度々ありました。でも、ムッとさせられても、最終的には愛嬌で人の怒りを煙に巻くことのできる人でした。ですから、二人が廊下で揉めていたことを、東くんが渋谷さんを殺した動機に位置づけるのは安易だなと思います。

それが動機になるのなら、この郷土資料研究会のメンバー全員が渋谷さんに殺意を持たなければいけなくなりますから。

でも、以前から疑問に思っていたことはあります。

東くんをはじめ、みなさんはいったいどうして渋谷さんと面識があったのか？

この椿ヶ丘の学生である。

それを除けば、僕らには何一つ共通点はないはずです。

渋谷さんと同じクラスだとか、選択科目が同じで教室が一緒になることがあったとか、渋谷さんと同じ中学出身だとか、塾や予備校が同じとか、親同士の付き合いがあるとか、そういったありがちな共通点は何もないはずです。

僕と渋谷さんの接点は、あの東京から来たオカルト研究会ということは、先ほどお話ししましたよね？　もしかすると、ああいった少し唐突な出来事が皆さんにもあったのではないでしょうか？

僕は渋谷さんが死んでから、急に気になりはじめたんです。僕たちにあるはずの共通点が。

それを突き詰めて考えてみると、渋谷さんが人数合わせで僕を勧誘したというのは、渋谷さんのついた嘘だったのではないのかと思えて仕方がないのです。


「北山くん、郷土資料研究会って、南条先輩がいるんだよね？　南条先輩ってどんなかんじ？」

「北山、お前、渋谷さんと仲良いの？　え？　なんで？　西山さんもいるんでしょ？　俺も郷土資料研究会入りたいわー」

「リッチー、サッカー部だと思ってたのに、まさかの文化系。でもリッチーいるなら楽しそう」


こんなかんじのことを、度々クラスメイトから言われました。こんなに話題になる同好会に、人数合わせなんていらなかったはずです。実際、同好会に入りたいと渋谷さんに問い合わせた人もいたようなのですが、渋谷さんははぐらかしたり、きっぱりと断ったりしているようでした。

僕はそのことについて尋ねてみたことがありました。

「あまり人が増えても面白くないの。いいのよ。これで」

渋谷さんはクスクス笑ってこんな不明瞭な返事をするだけでした。

僕は渋谷さんが死んだ今になって、渋谷さんが自分のヴンダーカンマーを作りたいと冗談めかして言っていたのが、本当は冗談ではなかったのではないだろうか？　と思えて仕方がないのです。

渋谷さんが、集めていたのは……。

僕たち……？

そんな気がしてならないのです。そして、蒐集するからには僕たちには何か共通点があり、テーマがあるはずです。あの展示品の多さに圧倒される〈城の里ふしぎ博物館〉にも「天地創造」という壮大なテーマがありました。そう言えば、皆さんが郷土資料研究会に入った動機や経緯も僕は知りません。もしかしたらそこに共通点が見つかるかもしれないなと僕は考えています。

あの事件があった日、僕は渋谷さんに呼び出されていました。彼女は僕が絶対にノーと言わないエサをぶらさげて僕をおびき寄せました。

あの日、みなさんも渋谷さんに呼び出されたんですよね？

日曜日の夜の学校。

よほどの理由でない限りわざわざ来ないはずです。

最初に警察に尋ねられたのは西山さんでした。西山さんは「唯香から電話で来ないと死ぬと言われた」と言っていました。あの時は僕も、他の皆さんも、思わずそれに頷いてしまいましたよね？　でも後から考えてみたら、西山さんの証言は僕としては、どうも腑に落ちない点がありました。

「北山くんがずっと知りたかったこと、私はそのヒントを知っているかもしれない」


前からずっと、僕は渋谷さんにそう言われていました。

それをあの日、教えてくれると言っていました。

僕がずっと知りたかったこと。それは、自分の父親……。

つまり、恐らく母を殺したと思われる人物がいったい何者なのか、ということです。僕にそれを教えると言った渋谷さんが「来ないと死ぬ」と果たして言うだろうか？　そこがなんだか納得できなかったんです。

あ、西山さん、顔色が悪いですね。別に僕は西山さんが嘘をついているから、それを追及したいと考えているわけではありません。

西山さんが嘘をついている＝西山さんが渋谷さんを殺した。

こんな風に考えるなんて、これも東くんが遺体の近くにいて血まみれだったから拘束されたのと同じくらい安直すぎますから。

ただ、西山さんの場合はひょっとしたら、警察にだけでなく誰にも知られたくない何かをエサに、渋谷さんに呼び出されたのではないでしょうか？

そして、あの時頷いた他の皆さんもそういった理由で、あの日学校に来たのではないでしょうか？

まあ、皆さんが渋谷さんにどんな風に呼び出されたかが、気にならないと言ったら嘘になりますけど、それも追及しようとは思いません。

ただ、今回こうして皆さんを卑怯な手段で呼び出したのは認めますし、謝ります。

僕は「渋谷さんから手帳を預かっていて、そのことについて話したい」と皆さん一人一人にメールをしました。

手帳なんて、本当は預かっていません。ただこうしたら、事件当日と同じように皆さんが集まってくれるかもしれないと考えたまでです。

僕が集まってもらいたかったのは、どうしたら、東くんにかけられている疑いが晴れるかを皆さんにも考えていただきたいからです。

渋谷さんは僕の父親に繋がるかもしれないヒントを教えてくれる前に、殺されてしまいました。でも不謹慎なことを言ってしまえば、それこそがヒントだったのかもしれません。

渋谷さんが殺害された方法は、僕の母親が殺害された方法に酷似している。

今日までに警察が小出しにしている情報を整理するとそうなるんです。

もっとも、有力な情報は渋谷さんが妊娠していたらしいということと、手術をしたかのように、子宮が取り除かれていたということです。


僕の母と、渋谷さんとの大きな違いは〈僕〉です。

僕は殺害された母の子宮から取り出され、母の側で泣きもせず眠っていたそうです。

臨月の母を殺し、その腹から赤子をとりだした猟奇殺人犯が、僕の父親……かもしれない。

その疑惑は僕の十六年の人生に、生活に、家族に、暗い影を落とし続けました。

猟奇殺人犯の血が流れているかもしれない子どもに、娘を殺した男の子どもかもしれない赤ん坊に、祖父母が寛容になれるはずもないのです。

渋谷さんを殺したのは十六年前、母を殺した犯人なのではないでしょうか？

僕はそう考えています。


もし、僕の考えが正解なら、このまま東くんが容疑者として扱われていると真犯人は、母を殺した時と同じように逃げ延びてしまえる。

東くんのために……というのは詭弁と思われても仕方ないかもしれません。

母を殺した犯人に復讐したいだとか、捕まって欲しいとか、罪を償わせたいとかいう感情ももちろんあるとは思いますが、僕がそれ以上に最も強く求めていること。

それは――母を惨殺した犯人がいったい誰なのか知りたいということです。

そして、その人物が本当に僕の父親なのかどうかが知りたい。僕のＤＮＡの中に猟奇殺人犯が本当にいるのかどうか知りたいんです。

そして、母はなぜ殺されたのか？

まだ高校生だったのに、どうして僕を産もうとしていたのか？　僕はとにかく犯人のことと母のこと……真実を知りたい。

きっと、知らない方が幸せなこともあるでしょう。でも、僕は知りたい。

そこで、こうして集まってもらったわけですが、皆さんとても口が重たいようですね。


それにしても、渋谷さんの子どもの父親は誰だったのでしょう?

ああ。当然、南条先輩ですよね?

渋谷先生がご存知かどうかは知りませんが、渋谷さんと南条先輩は付き合っていたようですから。


え? 違うんですか?

え? 何が違うんですか?

付き合ってない?


南条先輩が今言ったことがよく分からないです。南条先輩でも、動揺することがあるんですね?

確かに、子どもの父親が犯人という考え方をしてしまうと、南条先輩が一番疑われてしまうポジションではあります。

でも、大丈夫ですよ。

真犯人は僕の母を殺した人物に違いない。

だから、万一南条先輩が警察に疑惑を持たれても、またこうして集まりますから。安心して本当のことを話していただけたらと思います。

ああ、次は嘘をついても集まってもらえませんね。同じ嘘は通用しませんよね。今度は嘘は無しで皆さんに集まってもらわなくてはならない。

僕は渋谷さんみたいに、皆さん全員に美味しいエサをぶら下げることはできません。けれど、誰のとは断定しませんがこの中の一人の、とても重要なはずの秘密を知っています。お集まりいただけない時は、その秘密を椿ケ丘のホームページの校長のブログのコメント欄にでも書き込みましょうか？

それとも、学内の保護者向け連絡網の一斉メールで拡散しましょうか？

誰も僕に何も言わない所を見ると、どうやら、皆さんには何か後ろ暗い秘密があるようですね。僕は無理難題を言っているわけではありません。東くんだけでなく、ここにいる全員がもちろん僕自身も容疑者にならないよう知恵を絞るために、またお集まりいただくことがあるかもしれない——と言っているだけです。

最近になって僕は祖母の罵声が時々、全部聞こえるようになりました。

「なんで、鈴子が死んで父親が分からないどころか人殺しの子を私が育てるんだ！　お前の父親はな、犬畜生にも劣る！　あんなことは人間だけじゃない犬だってしない！　お前もきっと人殺しになるだろうよ。私がなんで人殺しを養わなきゃいけないんだ？　あー。その目。鈴子はそんな目はしていなかったよ。その目は人が殺せる人間の目だね」

だいたいこんなことを、祖母は自分の気がすむまで言います。

それも毎日のように。

小学生までは罵声の後、口の中に雑巾を入れられ、ガムテープで口を塞がれて、納戸に入れられました。僕の泣き声が聞こえるような隣家は周囲にはありません。一番近くて五百メートルくらい離れたところにあります。

口を塞ぐのは近所迷惑を気にしているからではありません。

祖母は僕の泣き声すら許せなかったのです。


僕は、皆さんを少なからず、脅迫しているかもしれません。でも、祖母の仕打ちを罰として受け入れなければならない咎（とが）が、本当に僕にあるのかどうか。それを知りたいと思うのは仕方がないことだと、皆さんなら理解してくれそうな気がしているのです。

2. 東 陸一

Riichi Azuma

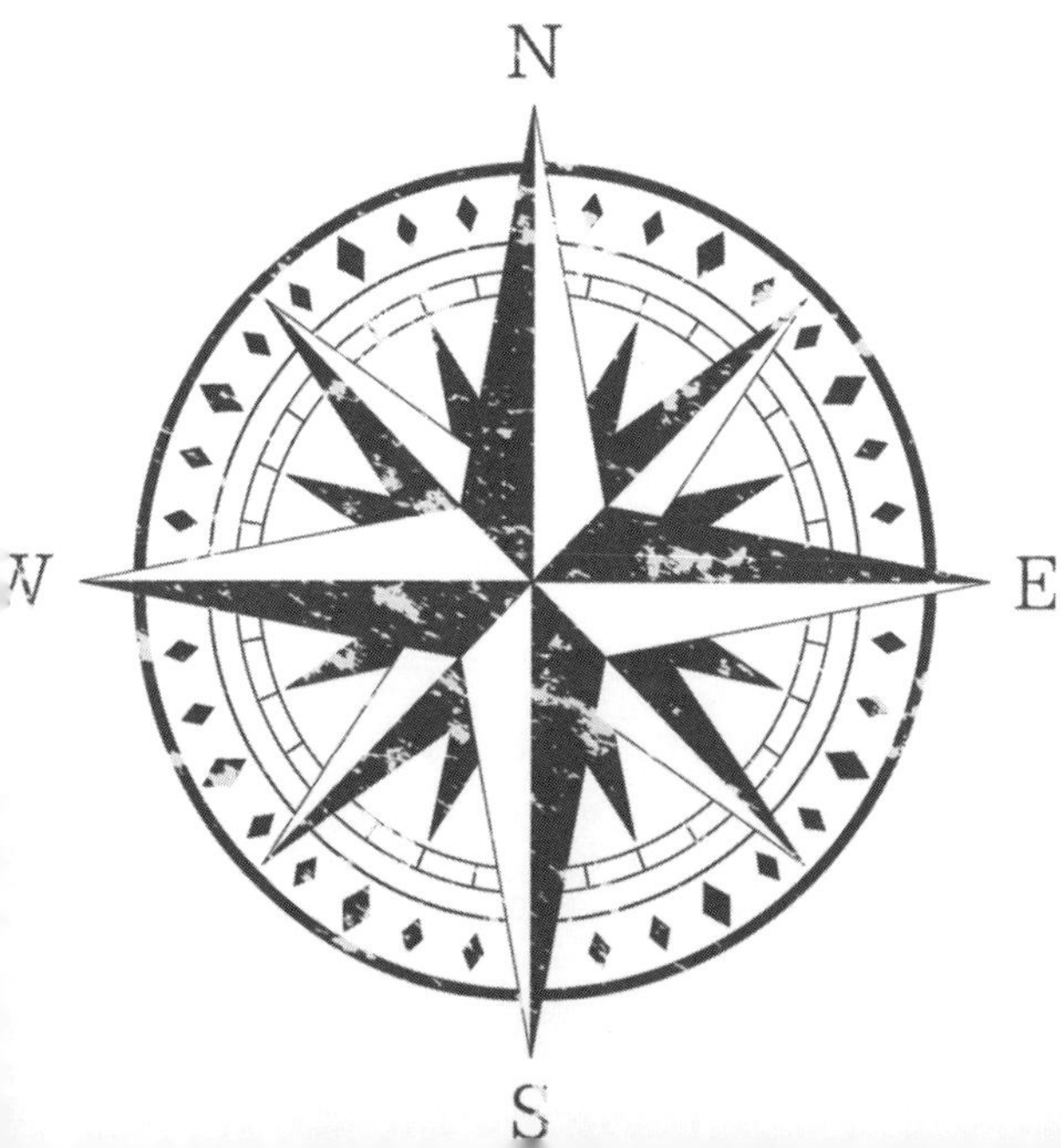

次第に更けて行く朧夜に、沈黙の人二人を載せた高瀬舟は、黒い水の面をすべって行った。
——森鴎外『高瀬舟』

この町のどこにいても小高い場所に行くと四方八方に稜線が望める。小学生が風景の絵を描くと、そのほとんどに緑色に塗られた山が入り込むほどだ。檻とは気づかずに描いた檻のようだと今となっては思わなくもない。どこまでも続く同じような色をした山々は、決して動くことがないのだからどんな檻よりも堅牢だ。

子どものころ、どこに行ってもその稜線を眺めた。稜線が俺や東の家を守っていると言ったのは、ばあちゃんだ。

なんにも分からず覚えるつもりもまるでないのに、ばあちゃんに山の名前を聞いた。ばあちゃんはいつも俺が何か尋ねる度に「陸一は世一と同じくらい利発でいい子だねえ」とにこにこと笑った。そして、一つ一つ山を指さしては名前を教えてくれた。

山の名前を教えるのと同じ調子でばあちゃんは、小さかった俺とねーちゃんにどこからどこまでが、東の家の敷地かをいつも得意げに語っていた。

そして、この町のどこが一番地価が高いかとか、どの商売を東の誰がはじめたかとか、大きくなったらねーちゃんと俺は何をするだろうとかしないだろうとか。そういうことをばあちゃんは嬉しそうに話すのだ。

物心つくころには、自分が跡継ぎだってことはすっかり染み付いていたから、ばあちゃんの刷り込みは大したもんだと思う。そして、こう思った。

東の家の人間である限り、稜線の外側にはいけないのだ、と。

けれど、俺にとってそんなことは全然問題ない。こんなかんじで、江戸時代くらいから先祖代々裕福にハッピーに暮らしてきたらしいから、俺もそれに乗っかるかんじで全然オッケー。

この町から出て行きたい要素なんかほとんどない。そりゃあ都会だったら便利だろうなと思うことはあるけど、都会にならいつでも遊びに行ける。

それに、大学は好きなとこに行っていいと言われてるから、外の世界なんて四年あれば十分だろ。

「りーちゃんは、リアリストでつまらないね。『俺はミュージシャンになるからこんな家出てく！』みたいな気概がないんだもん」

「ねーちゃん、そんなこと言って、俺がこの家から出てったら一番困るのはねーちゃんだよ？絶対婿養子もらわなきゃいけなくなるんだから」

「そうだった。りーちゃんがいて私ホント助かる」

俺は四個上のねーちゃんが大好きで自慢だった。

両親が忙しくても、ばーちゃんとねーちゃん。この二人がとことん俺を甘やかしてくれた。

小五の時にばーちゃんが死んでから、ねーちゃんは益々俺を甘やかして、そのねーちゃんが一番喜ぶのがこのやり取りだった。元々跡は継ぐつもりだったけど、ねーちゃんがこんなに喜ぶのが俺は嬉しかった。


ねーちゃんは、両親から度々勧められたけど大学には進学しなかった。高校も家から近い商業高校だった。東家の人間は大抵椿ヶ丘に行くのが定石と昔ばーちゃんが言っていたから、ねーちゃんのこの進路には俺はあんまり納得できていなかった。

「私、この町が好きだもの。短大でも二年でしょ？　大学だと四年もこの町を離れなきゃいけないでしょう？　そんなのは嫌。旅行でどこかに行くので十分よ」

「ねーちゃんこそ、青春を謳歌しようっていう気概がないじゃないか」

「これが、私にとっては青春を謳歌することになるの！　私の友だちもほとんど地元に残るしね」

「彼氏作って遊んだりしても、この町じゃ父さんと母さんにすぐバレそうじゃね？」

「私、男の子って、よく分からないしちょっと怖いかも。あまり近づきたくないから」

ねーちゃんは弟の欲目を抜いても可愛い。いかにも「東さんちのお嬢さん」というかんじで、おっとりとして優しい癒し系。虫がブンブン寄ってきてもおかしくないのに、そういう話をねーちゃんから聞くことはなかった。

「俺も男なんですけど」

「りーちゃんは特別！」

そう言ってねーちゃんが俺の頭をくしゃくしゃにするのが、その時の俺はすごく嬉しかった。

ねーちゃんが実家から出ない理由には、俺の存在も少しはあると思っていた。いつまでたっても、ねーちゃんにとって俺は小さい弟で、そう扱われる居心地のよさ半分、カッコ悪さ半分、それに俺は満足していた。

それなのにいつからだろう？　兆候が出はじめたのは。

たぶん、俺が中三になった春、ねーちゃんが商業高校を卒業して東の経営する会社の一つ、ジュエリーアズマに就職したころからだと思う。


父さんがねーちゃんの希望を聞いて、町一番の大型商業施設の一つに入っている、ジュエリーアズマに就職することになって、そこの売り子から、ねーちゃんの社会人生活がはじまった。

「特別な買い物をする場面に立ち会えるなんて素敵だと思わない？　りーちゃん」

ねーちゃんらしいふわふわした発言だった。特別な買い物なんてそんなにあるとも思えなかったけど、ねーちゃんの笑顔はキラキラしていた。

「俺、男だからよく分かんないけど、ねーちゃんには合ってるんじゃない？　ジュエリーアズマなら、客が分刻みで来るかんじじゃないし、あそこの店長は女だし」

「そう!?　そうよね」

ねーちゃんに甘えてるくせに、ねーちゃんのこういうどこか頼りない所は、俺に心地のいいプレッシャーを与えていた。将来ねーちゃんが頼れるような男になろうって本気で思っていた。

母さんに誘われて美容部員が沢山いるハイブランドの化粧品コーナーに行ったねーちゃんが初めて化粧をして帰って来た日のこと。

ジュエリーアズマの初出勤の日、一週間ずっと練習し続けた夜会巻きが上手く行かなくて、結局俺が手伝ったこと。

仕事用の白いスーツが意外と似合っていて、少し寂しかったこと。

今も、まざまざと思い浮かぶ。あのころのことがこんなにも愛おしい。


「お客様が来ない時、すごくしんどい。ずっとピシッと立ってるの。置物みたいに。でも置物になりすぎてもだめなの。いざお客様が来た時に反応できなくて、今日、店長に笑われちゃった」

「りーちゃん、凄いね、模試の結果。これなら椿ケ丘余裕だね。お母さんも嬉しそうだったよ」

「店長ってやっぱり、私が東の娘だから気を遣ってるのかな？　怒ればいいのになあ」

「ゴールデンウイークも仕事だって。盲点だった。サービス業ってお休みの日忙しいってこと忘れてたよ」

就職したばかりの春までは、細やかな環境の変化を楽しんでいたねーちゃんの姿や話しか、思い出せない。

何かが大きく変わりはじめたのは鬱陶(うっとう)しい雨が降り続けていた六月だった。

学校から帰ると玄関でねーちゃんの通勤用のパンプスの隣に見慣れない小さなローファーがあるのを見つけた。首を傾げながら自分の部屋に行こうとすると、ねーちゃんの部屋から笑い声が聞こえた。

俺がそれまでねーちゃんから聞いたことのないたぐいの笑い声で、何だか知らない人が笑っているみたいで気持ちが悪かった。中二の時に付き合って、すぐ別れた彼女の笑い方に似ていた。俺が喜ぶと思っているんだか、他にやることも話すこともなかったんだか、必要以上に笑ってたんだあの元カノは。興醒めだったからすぐ別れた。

ねーちゃんの笑い声は俺を混乱させた。

吐き気のように何かがせりあがってきて、俺は自分の部屋に入ると、息を潜めてねーちゃんの部屋の気配を窺(うかが)った。

ねーちゃんを笑わせているのは誰だろう?

笑い声が止まり階段を下りていく二人分の足音が聞こえてから、俺はそっと部屋を出て自分も階段へ向かった。階段の上から覗き込むように玄関を見下ろすと二人とも靴を履いていた。

ここからは二人の足元しか見えない。

かろうじて見えたねーちゃんの客のプリーツスカートに思わず首を傾げた。どう考えてもあれは中学校の制服だ。この町にある中学校は五つ。女子の制服はすべて同じ型のセーラー服だけど、スカーフとカラーのラインとスカートの裾から十センチ上に入っているライン——それらの色が何色かでどこの中学校の生徒かが分かる。

俺の中学の指定色は青。ねーちゃんの客のスカートのラインは赤だった。要するに俺とは違う中学校の生徒だ。

「西中の女子がなんでねーちゃんと？」

二人が玄関から出てから、俺はそう呟いたと思う。しばらくしてもねーちゃんは戻って来なかったから、ねーちゃんがその客を自分の車で送って行ったのだと分かった。

変な来客だな。とは思ったけど、この時はそんなに気にしなかった。

もし、あの時、この西中の女子が渋谷唯香だったと分かっていたとしても、俺にできたことはほとんどなかったろうなと思う。

ねーちゃんが客を送り届けて家に戻ってきてから俺は聞いた。

「ねーちゃん、さっき来てた人って誰？　お花かなんかの教室が同じコ？」

「違うの。お店のお客様。あれ？　りーちゃん、あの時帰ってたの？」

俺は俺の帰宅にねーちゃんが気づいていなかったことに軽くムッとした。

「お客様？　中学生が？」

「そうよ。お母さまの誕生日に眼鏡のチェーンを買いに来たの。いい子よね。それで、なんだか仲良くなっちゃって。りーちゃんもたまにはお母さんに何かしてあげなさいよ」

「ハイハイ」

そういうこともあるんだろう。ねーちゃんの笑い声があんなだったのは、仕事関係の繋がりがあったから営業用ってことか。単純にそう思った。

この日のことはそのうち忘れた。確かに変だったけど俺にとってはあんまり重要じゃなかった。西中の女子より、梅雨明けのある日、ねーちゃんが言ったとんでもないことの方がずっと重要だった。


月曜日だったと思う。父さんも母さんもいる朝の食卓。俺はいつもどおりみんなより遅めに自分の席に座った。俺の隣にねーちゃん。ねーちゃんの正面に座った父さんは既に朝ごはんは済ませていて、新聞片手にコーヒーを飲んでいた。俺がまだ眠い目をこすりながら箸を取ろうとした瞬間、ねーちゃんは自分の正面に座っている父さんに突然こう言ったのだ。

「お父さん、私、独り暮らししてみたいな」

俺は耳を疑った。ねーちゃんが独り暮らしをしたいだなんて、今まで聞かされたことがない。父さんも、朝イチなせいかポカンとしていた。

けれど、父さんとしてはねーちゃんに独り暮らしをさせたくなかったらしい。すぐに気を取り直した様子で、反論しはじめた。

「園美。父さんが春に園美の車を買うことを許したのは、この家から通勤すると約束したからだよ？」

「だって、それは運転手に送らせて出勤する新人なんていないし、社長である父さんに送ってもらったら、店長が委縮しちゃうし、車は必要でしょう？」

「それも一理ある。でも、独り暮らしは必要ないだろう？　ここからあの店舗までどんなにゆっくり行っても車で二十分くらいなんだし」

「通勤が不便だから、職場の近くに住みたいって言ってるわけじゃないの。独り暮らしがしてみたいから、相談してるの」

「なんで独り暮らしがしてみたいんだ？」

「自立したいの。それに大学に進学していたら、独り暮らしはしていたはずでしょう？　ちゃんと、自分のお給料で生活するから。それなら問題ないでしょう？」

「問題ないって、そんな。父さんは園美にこの家にいて欲しいんだよ……」

父さんは助けを求めるかのように、母さんの顔を見た。

「まあ、一年くらいならいいんじゃないかしら？　必ず家に帰ってくるならお母さんはしてみたいことは、してもいいと思うわ」

母さんの意見に俺と父さんは顔を見合わせた。ねーちゃんはどうやらあらかじめ母さんの説得に成功していたらしい。こうなるともう、ねーちゃんの思い通りになることは目に見えていて、俺はイライラした。しばらく、父さんは気がかりなことをいくつか聞いて、結局たいした反論はできなくなっていた。

「母さんがそう言うなら……」

父さんは最後にもごもごとそう言って、ねーちゃんの勝利は確定した。


食卓を後にして玄関に向かうねーちゃんを俺は追いかけた。

「ねーちゃん！」

「どうしたの？　りーちゃん？」

振り返ったねーちゃんがとても綺麗だったのを今も覚えている。解放感という清々しさがあった。俺は少しだけそれに怯んだ。

「どうしたもこうしたもないよ。なんで独り暮らしなんか……」

「驚かせちゃったかな。就職してみて初めて息苦しくなったの」

「何が？」

「東の家の子だということが」

「え？」

「私、少しこの家から離れたほうがいいみたい」

それって、俺からも？　寂しさと悲しさがごちゃまぜになって、鼻の奥がツーンと痛くなった。

「わけ分かんねーよ」

「だよね。ねえ、りーちゃん。りーちゃんは私のこと好き？」

「え？　なんでそんなこと聞くんだよ」

「ふふ。聞いたことなかったよね。でもね、私は今までずっとそのことだけは疑ったこと一度もなかったの」

「え？　何言ってんの？　やっぱりわけ分かんねーよ」

「だよね。それでいいの。りーちゃん。私はりーちゃんが大好きだよ。きっとずっとそうだから、そんな顔しないで」

どんな顔をしているのかなんて自分では全く分からない。

「ねーちゃん、俺……」

「あ、りーちゃん、私遅刻しそう。もう行くね！　部屋決まったら引越し手伝ってね」

「うん……」

柔らかくねじ伏せられ何も言えなくなった俺を、ねーちゃんは置いていった。


ねーちゃんが、仕事場の大型商業施設の近くにあるワンルームを借りるまでは、スピーディー過ぎてめまぐるしかった。

かなり前から目星をつけていたらしい新築のコーポは、うちの物件じゃなかった。ねーちゃんには馴染みのないものばかりが、部屋の中に集められた。量販店で買った新品だけれど、なんだか安っぽい家具や布団やカーテン。

　東の家からは何も持ち出さないらしい。

　そんな様子からねーちゃんのこれからはじまる生活がままごとのように感じられて仕方なかった。コーポのワンルームという名のドールハウスみたいだ。

　ままごとの道具みたいに、そのうち丸ごと捨ててしまえる生活。ねーちゃんがはじめようとしているのはそういうくだらない何かだ。引越しの手伝いをしてますます俺のモヤモヤは募った。

「りーちゃん、なんか怒ってる？」

「別に？　ただ、心配なだけ。この部屋の裏手、夜、割と寂しいかんじだし、国道近すぎてうるさいし、パチンコ屋も近いし。こんなんだったら独り暮らしなんかより男と同棲するとかの方が、よっぽど安心」

「はは。心配性だな。りーちゃんは」

　ねーちゃんはようやく片付きはじめた六畳の部屋の中央にポツリと据えたすぐガタガタいいそうな小さなローテーブルにマグカップを二つ置いた。

　俺は無言でその一つに手を伸ばす。

　濃すぎるインスタントコーヒーの苦さが口の中に広がった。

「ホントに独り暮らしできんのかよ。これ、酷すぎ」

「え？　酷いよりーちゃん。あ、ホントだ。これは酷いね」

　酷いコーヒーを飲み終えてから、俺は一人で東の家に帰った。

ねーちゃんが独り暮らしをはじめてから、あっと言う間に夏休みになった。

はじめのころは、困ったことがあるたびに俺を呼び出していたのに、夏休みになってから、ねーちゃんに呼び出されることはぐんと少なくなった。

俺は、「受験」にかこつけて、忙しいと自分に言い聞かせていたけれど、ねーちゃんの不在で、東の家について考えずにはいられなかった。

でも、何がねーちゃんにとって良くないことなのか、俺にはよく分からなかった。

絶対実家にいる方が、居心地がいいはずなのに……。

「陸一、今日は塾に行くの？」

八月の朝なんて涼しいのは一瞬だ。既にエアコン全開で自分の部屋でだらけていたら、母さんがノックもなしに入ってきた。

「勝手に開けんなよ」

「あら、ごめんなさい。で、塾には行くの？」

「行くよ！」

勝手に開けられてムカついたけれど、そろそろ出かけようとも思っていた。俺は塾用のバックパックを掴んでキッチンへ向かった。腹に何か入れたかったからだ。母さんは俺の怒りをものともせずにすっと後からキッチンに入って来た。

「お母さん、今日はちょっと予定があるから夜遅くなるけど、大丈夫よね？」

どうせ、市議かなんかの後援活動とかだ。くだらない。

「ピザ頼んでいい？」

母さんは眉間に皺を寄せたけど、自分の財布を出した。

「通いの家政婦さんが夏休みだから仕方ないわね」

「やった！」

俺は機嫌をよくしてから、何か飲もうと冷蔵庫を開けた。すると、昨日まではなかったものを見つけた。ねーちゃんの大好物の粒が大きいシャインマスカットだ。

「母さんこれいつ来たの？　叔父さんからだよね」

「今朝届いたの。食べるんだったら洗いなさいね」

「一つねーちゃんの家に持っていってもいい？　これ毎年一番楽しみにしてるの、ねーちゃんだよね」

「……塾には遅れないようにするならいいわ」

母さんが溜息をついたけど俺は特に気にせず、葡萄を入れる袋を出してもらった。

「ねえ、母さんはなんでねーちゃんの独り暮らしを許したんだよ？」

俺が不意に聞いてみたかったことを尋ねると、母さんの目が一瞬おかしな動きをしたような気がした。

「園美ちゃんが期間限定って約束したからよ」

母さんは支度があって忙しいからとそれ以上は何も言わず、俺の質問をはぐらかした。

俺は何かがあるなとは思いながらも、葡萄を持っていくとねーちゃんにメールを送った。

通学用とは違う真っ青なロードバイクに乗る。別にねーちゃんの部屋に行くのにこれの方が早く行けるから買ったわけじゃない。たまたま、観た映画に出てたのがカッコよくって、クラスメイトの誰も持ってなさそうなかんじがすげー気に入ったから買っただけ。

こぎ出すと、熱い空気も僅かに爽やかになる。

塾に行く気がなくなってくる。

メールの返信もない。

とりあえずねーちゃんの部屋に行って、いなけりゃ、勤務先に行けばいい。どっちにしろねーちゃんと話せるし葡萄も渡せる。

ねーちゃんの住んでるコーポが見えてきて俺は駐車場に目を走らせた。ピカピカのオレンジのミニが停まっている。ねーちゃんが父さんに買ってもらった車。俺なら絶対もっとデカイ車にする。

駐車場に車があるのを見て安心した。水曜日休みが多いって言ってたもんな。

俺はフッと笑って狭い駐輪場に自転車を停めた。二階建ての全部で八部屋あるコーポの二階。その一番奥の角部屋がねーちゃんの部屋だ。スニーカーなのによく響く階段を踏みならして、二階に駆け上がった。

鼻歌なんかも歌っていたかもしれないな。インターフォン鳴らす前までは結構ご機嫌だった。

この時の俺の頭の中には大好物を喜ぶねーちゃんの笑顔しかなかったんだ。

角部屋のインターフォンを鳴らして、思い切りカメラを覗きこんだ。部屋の中に映し出される映像が目だけになるように力一杯覗くのが、俺がこの部屋に来た時の恒例だった。

「もーう。りーちゃん、やめてよ。怖すぎ」

そう言う声が聞こえるのを、カメラを覗いたまま待っていた……。それなのにいつまでたっても、ねーちゃんの声は聞こえなかった。

もう一度、インターフォンを鳴らしたけど反応はなかった。

俺は電気のメーターを思わず見上げた。くるくる回る円盤。この速さはエアコンを使っている速さだと思う。

昼寝でもしているんだろうか？

どうするか考えていたら、ドアの内側近くでカタッと何かが落ちたような、倒れたような音がした。

「ねーちゃん？　そこにいんの？」

返事はなかった。もう一度、インターフォンを鳴らす勇気はなかった。俺はドアノブに葡萄をひっかけると逃げるように、駐輪場へ向かった。

なんだ。やっぱりオトコがいるんだ。だから、急に独り暮らしをしたいなんて言い出したんだ。

だけどそれならそうと俺には言ってくれたらよかったのに。ねーちゃんは俺に話さなかった。俺にも秘密にしておきたかったんだと思うと裏切られたような気持ちになった。

オトコがいることもねーちゃんが俺に秘密にしていることも認めたくなくて、振り払うように自転車をこいだ。


その日の夕方、ねーちゃんから来たメールには、昼寝をして気づかなかったっていう苦しい言い訳と、葡萄を喜んでいる感謝の言葉が綴られていたけど、俺はその日からねーちゃんのメールに返信するのが億劫(おっくう)になっていった。

今、思い返せば俺はこんなことで拗(す)ねてねーちゃんと距離を置くべきじゃなかった。

もしも、あの時俺がいつもの調子でいられたら、事態はもう少し別の方向に向かったのかもしれない。


お盆になっても、旅行だかなんだかに行ってねーちゃんは帰ってこなかった。

でも、十月に突然ねーちゃんは父さんと母さんに実家に連れ戻された。

学校から帰ると、異様な空気だった。玄関に投げ出されている靴で、両親とねーちゃんがいることが確認できたけどリビングには誰もいなかった。人の気配を頼りに床の間に向かうと、父さんと母さんの鋭い声がして、俺は廊下で固まった。

「園美、いったい何に使ったんだ？　七百万も。お前の口座が空になりそうな勢いだって、信用金庫の父さんの担当者が教えてくれた。確かにあれは、ばあちゃんがお前に遺してくれたものの一部だ。でも、ばあちゃんが望んでいた使い道かどうかを父さんも母さんも確かめたい」

「園美ちゃん、おばあちゃんは、園美ちゃんがお嫁に行くときに困らないようにって言っていたのよ？」

「お前は黙ってなさい。お前が独り暮らしに賛成なんかするからこんなことになったんだ」

「だって、園美ちゃん、独り暮らしできたら、将来陸一に一番役に立つ人と結婚するって言うから、そこまでの覚悟の上なら、束の間の自立もいいと思ったんじゃない」

「お前、そんな約束したのか？」

「あなただって、最近よく誰がいいとか言うでしょう？」

酷い。

お金のことはよく分からないけどなんだよ、俺に一番役に立つ人と結婚って。

なんだよそれ。

「とにかく、何に使ったんだ⁉」

問い詰められているはずのねーちゃんからは、なんの返事もない。

「園美ちゃん、言えないようなことなの？」

「とにかくあの部屋は引き払って、この家に帰りなさい！」

「……いや……家に帰るのは来年がいいの」

「だったら、七百万も何に使ったか言いなさい。まさか恐喝されているのか!?」

「あなた、恐喝だなんて。ああ。どうしましょう……」

「そんなんじゃないの」

「じゃあ、なんなんだ?」

「言いたくない」

「言いたくないじゃすまないだろう? とにかく通帳とキャッシュカードを出しなさい」

「それも嫌」

「園美!!」

「園美ちゃん、本気で調べれば、お母さん、お金の流れを突き止めることだってできるのよ?」

「……必要な人がいたから、あげただけ……その人に迷惑かけたら、お母さんのこと絶対許さない」

「やっぱり、男か!? だから独り暮らしなんか……」

「あなたに園美ちゃんの独り暮らしのことを責める権利はないでしょう? 私は色んな人からあなたが大学の在学中にどうしていたか聞かされたんだから」

「なんだと! 今その話は関係ないだろ?」

「色んな人から聞かされて、私がどんなに恥ずかしかったか、知らないから言えるのよ『東の舞姫』」

パーン。と乾いた音がした。

泣いているのも叩かれたのも責められているねーちゃんじゃなくて、母さんだ。俺は頭がクラクラしてきた。息が苦しい。

「とにかく、今借りているあの部屋は父さんが解約する！　仕事も当分行かなくていい！」

そう言った父さんは襖を開け放ち、そこに俺がいることに一瞬驚いたものの、余計に腹立たしくなったようで「園美の部屋を片付けなさい！」と俺を怒鳴りつけて退散した。

父さんが開けた襖（ふすま）の中に入ると、殴られた母さんに寄り添うようにねーちゃんがいた。

「りーちゃん、お母さんを寝室に連れて行ってあげて、つらそうだから」

「ねーちゃんの方が、つらいだろ？」

「ふふっ。りーちゃん、盗み聞きしてたんだね。でも、私は大丈夫」

こんな修羅場みたいなこと大丈夫なはずがないのに……。薄く微笑み「大丈夫」だと繰り返すねーちゃんのことが一瞬俺は怖かった。


それからの父さんのねーちゃんに対する仕打ちは酷かった。

借りていた部屋は引き払われ、ねーちゃんはジュエリーアズマを辞めさせられた。

おまけに、ねーちゃんがこれ以上どこの馬の骨とも分からない男に貢がないようにという無茶苦茶な理由のもと、ねーちゃんはまだ十九になったばかりなのに見合いをさせられた。

俺がどんなに文句を言っても、ねーちゃん自身が「いいのよ。りーちゃん」とばかり言うから、誰も取りあってくれなかった。

止められない津波を見ているような不安が俺だけを取り巻いていた。

お気に入りだったオレンジ色の車まで取り上げられたねーちゃんの楽しみと言ったら、ずっと習っていた生け花と、大正時代に町で一番だと言われた庭の池を眺めることだった。それが俺にはたまらなかった。

「ねーちゃん?」

「なあに、りーちゃん」

「いいのかよ。父さんの部下の小西と結婚しても。十歳も年上だし、ちょいデブとか、ありえねーだろ?」

「小西さんはいい人だったよ」

「いい人だからって……なあ、ねーちゃんは好きな人がいるんだろ? そいつ、何してんの? ねーちゃんが今どうしてるかとか、そいつは知らないの?」

ねーちゃんは下を向いて鯉に餌をやった。

七百万も毟(むし)り、自分の自由も奪い、気の向くはずもない結婚までさせてしまうオトコって、どんなやつだよ。

そんなオトコのことをねーちゃんがこうして庇(かば)っているのがつらかった。

鯉のエサを全部ばらまいてから、ねーちゃんは言った。

「りーちゃん。私はね、本当は誰とも、できたら一生結婚したくない。誰ともしたくないから、誰としたってよかったの。それで、お母さんにあんなこと言っちゃって、ゴメンね。りーちゃんが知ったらりーちゃんが傷つくって分かっていたけど、私、他になんにもお母さんが納得しそうな交換条件思いつけなくて、ああ言ってしまった。でも、半分は本心なの。だって、誰としたっていいいんだから」

「なんでだよ!?　俺がマスカット持って行った時にいたの、オトコだろ？　そのオトコと結婚すりゃあいいのに。お金もそいつに無心されたんだろ？　ねーちゃん、そいつのこと、すげー好きなんじゃないのかよ？　もうわけ分かんねーよ」

「そうだね。わけ分かんないかもしれない。でも、わけ分かんない方がいいことだってきっとあるよ？」

「どういうことだよ？」

「りーちゃんなら、いつか、きっと分かるよ。それは今じゃあないけど」

ねーちゃんは老人の隠居生活みたいな、時間の経過の分からない暮らしをさせられていた。受験のためにもっと塾に行けという母さんの言葉を無視して、俺はなるべくねーちゃんの側にいた。

ねーちゃんは失恋した――ということだろうか。

傷心というものは通常どれくらい続くものなんだろう？　俺にはそんなこと全く分からないから、ねーちゃんが独り暮らしをする前のいつものフツーのねーちゃんでいることが、すべて演技にすぎないんじゃないかと思えて不安だった。そして、その不安は勘違いなんかじゃなかった。ねーちゃんは全てを受け入れて諦めたわけじゃなかった。むしろその逆だったんだ。

あの日は中学校の卒業式だった。無事に椿ヶ丘に合格して受験勉強から解放されてホッとしていたところでもあった。元ＰＴＡ会長の母さんは動けば誰かに捕まって話をするのを繰り返していて長くなりそうだったから、俺は友だちと写真をあらかた撮ると母さんを置いて一人で家に帰ることにした。

家に入るとめぼしいところすべてに、ねーちゃんの姿はなかった。とても嫌な予感がした。家中を探して、不安でたまらなくなった俺は外に出て、ふと目に入った何かが変だと思った。

蔵だ。

蔵の扉が開いている？　あそこの扉が開くことは滅多にない。自宅の敷地内にあるのに思い出すことのほとんどない建物の引き戸が五センチくらい開いているように見えた。

俺は急いで蔵に行き、重い引き戸をわざと音が出るように開けた。

「ねーちゃん？　ここにいるの？」

扉を全開にしてもなお暗い蔵の中に入り、電気をつけた。あたりを見渡してもねーちゃんの姿はない。その代わりに屋根裏からゴトリと何かが倒れたような音と、か細い声が聞こえた。

「ねーちゃん？」

俺は屋根裏に続く梯子を登った。屋根裏の床に目が届くと、ねーちゃんがいくつか置いてある長持の一つにもたれて座っているように見えた。

「……り……ちゃ……ん……」

か細くそう言ったねーちゃんの様子が明らかにおかしかったから、急いでねーちゃんに近づいた。

そして、暗さに目が慣れたころ。

ねーちゃんが血まみれなのに気づいた。

蔵には曾祖父さんが蒐集していた日本刀がある。手入れは時々業者が来ていたような気がする。でも……。それに殺傷能力があることなんか忘れていた。

ねーちゃんの下腹には、曾祖父さんの脇差しが刺さっていた。

「ねーちゃん、俺、救急車呼んでくる」

「り……ちゃん……よ、ば……ない、で」

「このままじゃ、ねーちゃん、死んじゃうよ。いったい誰が⁉」

「ちが、の。わた……し。じ、ぶんで」

こんなことを自分で？　こんな切腹みたいなことがねーちゃんにできるはずない。

「とにかく、救急車呼んでくるから」

「だ……め。じぶん、で、おわら……せたかったの、もう、すぐ、おわる、から」

「なんで？　なんでだよ？　なんで俺の言うこと聞いてくれなくなったんだよ！　いつも、聞いてくれたじゃないか。救急車呼んでくるから、お願いだよ、ねーちゃん、死んじゃだめだ！」

「どうに、か……あき……らめられる、と、おも……たけど、できな、かっ……たから。りーちゃん、おねがい……このまま、で」

ねーちゃんの身体に触ってみたら、身体から出ているのは血だけじゃなかった。ぐにゃりとした、温かいものに触れてパニックになった。

「ヒッ！　うわっ！　あっ！　あっ！　ああっ！　ああああああーっ！」

「り……ちゃん、ご、めん、ね」

「きゅ、救急車、救急車、呼ぶから、絶対」

「よば、ないで、ね……」

押し問答を繰り返しているうちに、ねーちゃんの血はどんどん流れていく。

「ねーちゃん、ねーちゃん」

「りー……ちゃん……これ、ぬいて……くるし……」

パニックになっていた俺は、ねーちゃんの言いなりに慌てて脇差しを抜いた。

苦しいと言われたから、少しでも楽にしてあげたかっただけだ。

冷静だったら、あんなことしなかったんだろうか……。それもよく分からない。

ただ、あらん限りの力を込めて脇差しを抜いたら、ねーちゃんはそれからもう二度と喋らなくなってしまった。

「うわあああああああああー」

返り血をあびた俺は両親が気づくまで、死んでしまったねーちゃんに縋り付いて泣いていた。


それからの一週間のことを、俺はよく覚えていない。

ある朝、母さんが俺をベッドから引き剥がして、こう言ったんだ。

「陸一、園美ちゃんは駆け落ちしたから」

ぼんやりした、柔らかな膜の中にいるような気分は、母さんの耳を疑う発言で破裂した風船みたいに弾け飛んだ。

「何、言ってるんだよ。ねーちゃんは死んだんだろ？　俺の目の前で死んだんだよ！」

「いいえ、陸一。園美ちゃんは悪い男と駆け落ちしたのよ」

「は？」

「陸一、いい加減に部屋に閉じこもるのはやめなさい。拗ねても、園美ちゃんは帰ってこないわ」

「か、母さん？」

「東の家から、犯罪者を出せるはずがないでしょう」

「は？　何言ってるんだよ！　まさか、俺がねーちゃんを殺したって言いたいのかよ！」

「そんなこと言ってないわ。そんなことあるはずがないじゃない。でも、そう思われてしまうかもしれないことが問題なのよ」

「え？」

「陸一、あなたにもそのうち分かるわ。大丈夫よ。陸一は私が守るから」

この時になってようやく俺にも、東の家が江戸時代からお気楽にハッピーにしてきたわけではないというのが分かった。

——初めて息苦しくなったの。東の家の子だということが。

俺には全然分からなかったことを、ねーちゃんはずっと前から分かっていたのかもしれない。それからの俺は母さんに支配されるしかなかった。そうする方が、あれこれ考えるよりもずっと簡単だった。

母さんが右を向けと言えば右を向き、左を向けと言われたら左を向く。父さんのためにも〈駆け落ちをしたねーちゃん〉の話はしない。

何もかも母さんの言うとおりにする。それは血まみれだったねーちゃんの亡骸（なきがら）がどこに消えたのかを考えるよりずっと楽だった。

俺はねーちゃんを自分が殺してないと言い切れない。脇差しを抜いた時の感触を思い出すより母さんの言いなりになって現実から逃げる方がずっと楽だった。

このままでいいのかもしれない。そんな風に思いはじめたころ、椿ケ丘で渋谷唯香に声をかけられたんだ。

渋谷に声をかけられたのは椿ヶ丘の入学式の数日後だったはずだ。俺はサッカー部に入るつもりで放課後、グラウンドに見学に行っていた。

「もしかして、園美さんの弟？」

肩を叩かれたので振り返ると、渋谷唯香はそう言った。

ねーちゃんの名前を久しぶりに聞いてギクリとした。四つ離れているから、同中の同級生でも俺にねーちゃんがいるのを知っている人間は意外と少ない。なのになんでこの女子は……。

「そうだけど、あんた、誰？」

「私は園美さんと友だちなの。渋谷唯香です。あなたは陸一くんだよね？　園美さんがいつもあなたのこと話しているから」

「そうだけど」

「園美さん、元気？　最近全然連絡ないけど……」

口の中が、カラカラになった。

ねーちゃんが元気なはずがない。ねーちゃんは俺が……。

「ねーちゃんは……元気だ」

「そう？　じゃあ、陸一くんには連絡してるんだ。噂は聞いてたけど、園美さんが家を出るなんて変だよね」

元気だ。と言ってしまった罪悪感で冷や汗が出た。

そして渋谷唯香が言っている噂がいつのものなのか、何をどこまで知っているのかが分からなくて、何をどこまで答えていいのか分からなかった。

俺が何も答えずにいると、渋谷は笑って言った。

「家出ならまだしも、園美さんが駆け落ちなんてするはずないもんね」

「それって、どういう……」

「そうだ、私、同好会を作るんだけど、陸一くんもどう？　ってサッカー部に入るつもりなんだよね？　掛け持ちでもいいから名前だけでもお願いできないかな？」

渋谷は俺に郷土資料研究会の入会届けを渡した。

「私、一組だから。これ書けたら持って来てもらえるかな」

「え？　ああ。うん」

「ありがとう。またね」

ヒラヒラと手を振り、小走りで去った渋谷の方を俺はしばらく眺めていた。

あいつは、ねーちゃんの何か大事なことを知っている。それだけを理由に、どう考えても強引な勧誘を受けて郷土資料研究会に入った。

渋谷が俺に郷土資料研究会に入ること以外で何かを強要したことなんてない。

いや、より正確に言うなら、郷土資料研究会に入ることすら、あいつは「強要」はしていない。

でも、なんでもないことしか話していないはずなのに、渋谷と話をすればするほど、いつも自分が不利なポジションへ追い込まれていくような気分になった。

気づけば俺は同時に入部したサッカー部を辞めて、郷土資料研究会に足を向けるようになった。同好会の活動は、放課後、この町の歴史的背景のある建造物について調べたり、話し合ったりするといった内容だった。そんなくだらない内容にも拘わらず、メンバーがかなり濃かった。

南条先輩は椿ケ丘の厳しい条件をくぐりぬけた、十年ぶりの特待生だったし、西山は廊下を歩くだけで、そこにいる男子がみんなざわつくかんじの美少女だった。

それから、北山。女子は悲劇の王子とかなんとか言ってた。北山はこの町の人間なら誰でも知っている猟奇殺人事件の被害者家族だ。

北山には見えない壁みたいなのがあったけど、渋谷はその壁をやすやすと越えていた。

どうして、こんなに目立つメンバーが集まったのか不思議ではあった。

てっきり渋谷と西山の女子二人ではじめたことなのかと思っていたけど、渋谷と西山の関係は、俺が想像する女子っぽい友情で結ばれているかんじではなく、同好会は渋谷が一人ではじめたことらしかった。


郷土資料研究会が同好会として認められた日、部室として使う、本館の一室に俺たちは集められた。

北山が珍しくテンション高めに渋谷に話しかけていた。

「渋谷さん、どうして本館が使えるんだ？　ここは重要文化財だろう？」

「そう。重要文化財。だからこそこの同好会にうってつけなの」

北山の興奮ぶりを見て、西山も笑った。

「北山くんって、思ってたより、面白いね。本館でこんなにはしゃぐ人だなんて」

西山がクスクス笑うのをちらっと見て、南条先輩は窓の外の木を眺めていた。

コンコン。

軽い音がドアの向こうから聞こえて、全員が部屋の扉の方を向いた。

ノックをした人はにこやかに部屋の中央に来た。

「みなさん、おそろいのようね。この郷土資料研究会の顧問になりました、渋谷です」

俺と北山だけが「ハッ」としていた。

白いカットソーにグレイのスカート。にこりと笑った先生は渋谷唯香の母親だった。

渋谷先生の登場に俺は呆然とした。

眼鏡から綺麗に湾曲を描いたチェーンが、俺の頭の中で点在していた記憶を繋げた。

メガネのチェーン……。

雨の酷い六月。

西中の生徒のスカートの赤いライン……。

渋谷の出身中学は西中だった。あの時ねーちゃんの部屋に遊びに来ていたのは渋谷だったに違いない。

六月。あれぐらいの時期に戻れたなら。

ねーちゃんの独り暮らしを止めていたら。

たった七百万円のためにねーちゃんが、あそこまで追い詰められることもなかった。あんな壮絶で悲しい死にざまを自分で選ぶこともなかったはずだ。

「東くん？　東くんってば。自己紹介。東くんの番だよ」

西山に声をかけられてぼんやりした頭を上げた。いつの間にかそんなことをしていたらしい。

「一年四組の東陸一です。サッカー部とかけもちなんで、どれくらい来られるか分からないんですけど、よろしくお願いします」

パラパラと少ない拍手の中、俺はまた、渋谷先生のメガネのチェーンが揺れるのを見た。

そうしているうちに、ふと、ある〈疑惑〉が浮かんできた。


「陸一、何をしているの？」

その日家に帰って鞄を放り出すと、真っ先にねーちゃんの部屋に行き、机の抽斗（ひきだし）から開けて探しはじめているところだった。

「母さんはさ、ねーちゃんのお金。七百万がどこに行ったのか知ってんの？」

「園美ちゃんのことはもういいのよ。お金のこともね」

「もういいとか母さんのこと、聞いてるんじゃないんだ。知ってるのか知らないのか、聞いてるんだよ」

「知らないわ。通帳の記載を見てATMで細かく何度も定期的にお金を引き出しているのは分かったけど。ATMだと一度に引き出せる額が小さいからそうさせたのかもしれないし、細かく何度も無心されていたのかもしれないし……」

「いつから？　ねーちゃんが、その口座から金を引き出すようになったの」

「六月だったと思うわ」

「六月……」

疑惑はどんどん膨らんでいく。

「陸一、いったい何を探しているの？」

「ねーちゃんのスマホとか日記とか。なんでもいいから、手掛かりになりそうなものが欲しいんだよ。ねーちゃんはあの時スマホを持ってなかった？」

「そんなことは覚えてないわ。ねえ陸一、やめなさい、こんなことをするのは。園美ちゃんが死んでしまったその事実は、どんなことをしたって変わらないわよ」

「母さん。やっぱり母さんどうかしてるよ。狂ってるよ。自分の娘があんな風に死んだんだよ？なかったことにするなんて、あり得ねえよ！」

「私の頭は……まともなはずよ。園美ちゃんは……」

「なんだよ？」

「なんでもないわ。勝手にしなさい」

母さんは何かを言いかけたけどやめて、ねーちゃんの部屋を出た。俺は引き続き机の中を探ったけど、手掛かりになりそうなものは見つからなくて、今度はドレッサーの抽斗を開けた。

ふわっと、化粧品の匂いがして涙が出そうになった。

丸いスツールに座り、ねーちゃんのお気に入りの真っ白なドレッサーを隅から隅まで物色した。ドレッサーの中からは何も見つからず、今度はクローゼットの中のバッグを一つ一つ確認したけど、こっちも何も出て来なかった。

めぼしいものは見つからず、疲れきって床に寝転んだらふと視界にそれが入った。

ベッドの下。

ねーちゃんが高校の時に使っていたスクールバッグだ。

――見つけた。

なぜか直感的にそう思った。

ファスナーを思い切り開いて中身を床に広げた。ごとりと硬い音がして、ねーちゃんが使っていたスマホが出てきた。すぐに拾って電源をいれようと思ったけど、液晶が粉々に割れているのに気づいて愕然とした。

金槌か何かで叩き割ろうとしたのだろうか？　そして、ＳＤカードを入れるタイプのものではなかった。

「これの中からデータとか、無理っぽい……」

それでも可能性がまるきりないわけではない。悲惨な姿のスマホをポケットにしまって、再び床に広げたものを確認した。証明写真や履歴書に混じって、見慣れない書類が一枚出てきた。

「これって戸籍謄本？」

その中身をよく見てみると予想もしなかった受け入れがたい真実があった。

俺はその紙を持って、ほとんど叫びながら二階から駆け下りた。

「母さん！　なあ、これどういうことだよ？」

リビングでゆったり紅茶を飲んでいた母さんがゆっくり振り返った。

「これって、何が？」

「ねーちゃんが、養子ってことだよ！」

紙を突きつけたら母さんはそれを受け取って短く溜息をついた。

「ええ。そうね」

「そうねって。俺何も知らなかったんだけど」

「でも、園美ちゃんが東の家の子でお父さんの子どもだということも、陸一のお姉さんだということも間違いないわ。私となさぬ仲というだけのことなのよ？」

「ねーちゃんは、俺とは腹違いの姉弟（きょうだい）だったってこと？」

「そうよ。これどこから出てきたの？」

「ねーちゃんの部屋にあった」

「そう。やっぱり園美ちゃんは知っていたのね。だから、急にあんな……独り暮らしがしたいなんて。自分からあんなこと言い出して……」

「なあ、母さんはねーちゃんのことどう思ってたんだ？」

「ちゃんと、育てたわ。陸一、あなたに悟られないように大事に育てたわ。そうしないとあなたたちのばあばに叱られたのよ？　清潔で可愛いものを着せて、美味しいものを食べさせて、学校行事にも行って役員だってやった。病気になったら看病して。あなたにすることしたいことは園美ちゃんにも全部してあげたわ。だから、陸一は一度も疑ったことなかったでしょう？　それなのに気づいたのは園美ちゃんの勝手よ」

俺は、本当に馬鹿だ。守られてばかりでなんにも気づけないくらい鈍くて。

ちゃんと育てる。って、どういうことだろう？

そこに、温もりがないように思えるのはなんでだろう？

俺は母さんのことを……この人のことを何も知らないんじゃないのか？

この人だけじゃなく、ねーちゃんのことも、父さんのことも、ばーちゃんのことも。

「陸一？　どうしたの？」

「母さん、ねーちゃんはどういう経緯で養子になったの？」

「結婚してから、突然お義母さまに押し付けられたのよ。三歳の子どもを。青天の霹靂だったわ。お父さんの釣書にそんなこと、一つも書いてなかった。当時はお義母さまの養子になっていたの。もう大変だった。本当に大変だった。こんなはずじゃあなかったと何度も思った。園美ちゃんは私に全然懐かなくて。陸一が産まれてから、どうにか体裁がつくようになったのよ。」

「ねーちゃんの本当の母親ってどうしてるの？」

「さあ？　私は最初にお金のことはそっちを疑ったの。でも昔、お義母さまから聞いた話によるとこの町の人間じゃないらしいのよ。通帳には振込の形跡は一切なかった。もしも、お金を無心していたのがその女だったとしたら園美ちゃんにしょっちゅう会っていたということになる。でも、私にはその女が近くにいたとは思えないの」

母さんはガリガリと爪を噛みはじめた。こんな母さんは見たことがない。

いつも完璧な完璧すぎる奥さま。

それが母さんだったから。まさかねーちゃんへのあの気遣いすべてが母さんの頭の中でマニュアル化されたものだとは確かに誰も思わないかもしれない。

「お金のことじゃなくて、その人はどうしてるの？」

「知るわけないわ。知りたくもないもの」

「ねーちゃんはどこで眠っているの？」

「知らないわ。埋めたのはお父さんだから」

父さん……。

父さんにとってのねーちゃんは……母さんは……ねーちゃんの母親は……いったいなんなんだろう。

「母さん、俺は父さんに聞くよ」

「陸一、やめなさい」

「今じゃなくても、いつか……。いつか俺がちゃんとしたいから。こんなんじゃ、ねーちゃんが可哀想すぎる。ねーちゃんに何があったのかも俺は知りたい」

母さんから戸籍謄本を引ったくって、俺は家を出てロードバイクに乗った。

ねーちゃんのスマホが復活するかもしれない、その少なめの可能性に賭けた。


店主はねーちゃんのスマホをしばらく見てからこう言った。

「これ本当にお客さんのスマホ？　本当は違うんじゃないの？」

前に、父さんがタブレットを水没させた時に使った個人でパソコンや携帯電話の修理をしている店だった。

「なんでですか？」

「レンチンしてる形跡があるから」

「レンチン？」

「電子レンジでチンってこと。水没なら大丈夫なこともあるけど、レンチンはねえ。自分のスマホわざわざレンチンする人はいないし、もしそんなことを自分でするとしたらデータを二度と復活させたくない場合だと思うけどね」

ギクリとした。

ねーちゃんがここまでしたということは、確実にこの中に見られたくないものがあるということだ。

「どうしても、直らないですか？」

「ちょっと無理だね」

俺はスマホを返してもらうと店主に礼を言ってから、ロードバイクに跨った。

家に帰る気分にはならなくて家の近くの日本庭園で有名な公園に入った。

うちの庭にある池はこの公園の池をそのまま小さくしたものだ。昔ばーちゃんがそう言っていた。

こんな時にも拘らず、無意識にまず売店に行き鯉のエサを買ってしまった。

この公園にはねーちゃんとばーちゃんと三人でよく来た。

大きなしだれ桜の下で鯉にエサをやった。今年の桜はもう散ってしまったし、ばーちゃんもねーちゃんも今はいない。

一人で袋を開けて一掴み撒いた。

鯉は我先にと集まって口を開ける。大きなヤツも小さなヤツもキレイなヤツも、地味なヤツも、皆一斉に、ばちばちと水面を叩きながら集まってくる。

エサを求める生き物の率直な浅ましさ。

最初に誰かがそれを面白いと思ったから、買った本人の口には入らないものが商品として成り立つ。

こういうことにあざとく知恵がまわるから、東の家は栄えたはずだ。それなのに俺が思いつけることと言ったら、誰にでも思いつけそうなことだ。

ねーちゃんのスマホから、何も取り出せないのなら、ねーちゃんのスマホとやりとりをしていた相手のスマホから取り出すしかない。

渋谷のスマホを、どうにかして手に入れる。

何もなければ、それでいい。

でも、ねーちゃんと渋谷の関わり方には何かがあるとしか思えない……。

気づけば辺りが暗くなっていた。俺は鯉のエサを全部ばら撒いてから、ロードバイクに再び跨った。

そして、どうやって渋谷のスマホを手に入れるか考えながら帰宅した。

狙い目はいつか。

しばらくそればかり考えていた。渋谷は一組で俺とはクラスが違う。だから渋谷のクラスが移動教室の時か体育の時を狙うことにするか、かなり迷った。

でもこれだとリスクが高い上、渋谷がスマホを持ち歩いている場合リターンはない。

だから、やっぱり郷土資料研究会の時に渋谷が「スマホを紛失する」のが一番いい。

それでも、そんなチャンスはなかなか巡って来ない。

ただ、渋谷はスマホを制服のポケットには入れずに、いつも大抵スクールバッグの内ポケットに入れているということだけは分かった。

じっと、慎重に機会を狙っていたらチャンスは訪れた。

生徒会の用事で南条先輩は不在。

西山も習い事か何かで不在。

北山は学校を早退していた。

本館の部室には俺と渋谷だけ。

「あ、だめだ。これ、今日までだった。私ちょっと職員室に行ってくるから、陸一くん、待っててくれる？」

「ああ」

あんまりにも、待ちに待った状況で、自分におかしなところがないか不安になったけれど、渋谷は振り返りもせず、慌てた様子で部室を出た。

職員室は新館の北側の三階にある。ここから走っても三分。

往復で六分。

時間は十分ある。

絶対に大丈夫だと分かっていても、全身が心臓になったようにドクドクと緊張した。渋谷が座ろうとしていた椅子に手をのばし、スクールバッグのファスナーをゆっくり開けた。

フワッと甘ったるい匂いがして一瞬怯んだけど素早く右手を内ポケットへ滑らせた。馴染みのある感触がしてそれを掴む。

渋谷のスマホ。

今すぐにでも中身を確かめたい気持ちを抑えて、それを自分のスクールバッグに押し込み、渋谷のスクールバッグのファスナーを閉めた。自分のスマホもしまった。

人がスマホ触ってると、自分も触りたくなるだろ？

渋谷が少しでもスマホのことを思い出さないように細心の注意を払わなければいけない。俺は何事もなかったかのように座って、うたた寝するふりをしていると渋谷は帰ってきた。

「陸一くん、お待たせ。今日は図書館へ行こうと思ってるの」

「図書館って駅前の？」

この町の図書館は駅前の商業施設の中に入っている。椿ケ丘からは割と近い。

「そう。学校の図書室では物足りないことがあるから、いいでしょ？　一人で行くのもつまらないから」

「いいけど……」

「あ！　陸一くんの家は反対方向だよね？　帰り遠くなっちゃうか」

「まあそうだけど、いいよ」

「そう？　じゃあ、行こっか」

行きたくはないけど、行きたくないと言えなかった。他愛のない話をしながら椿ケ丘を下った。

自動ドアが開いて中に入ると、思わず左の方を見てしまった。ここにはねーちゃんが働いていた店とは別のジュエリーアズマが入っている。ピシッと立っている店員はもちろんねーちゃんじゃないけど、ねーちゃんを思い出して胸が痛んだ。

「陸一くん、エレベーターこっちだけど?」

「あ、ああ」

エレベーターの前で数字が1に向かうのを見ていたら、渋谷はクスリと笑った。

「ここって古臭いわりにWi-Fi入ってるんだよね。だから、こんなことができちゃう」

「え?」

渋谷の動きがスローモーションのように見えた。まるで、自分の意思では身体がコントロールできない夢の中にいる時のような歯がゆくて、気持ちの悪い不安を覚えた。

渋谷は制服のポケットから、俺がくすねたのよりも一回り小さいものを取り出して、指先で操作した。何が起きているのかよくは分かっていなかったけど、絶対に自分にとって不都合なことが起きているのだけは理解できた。

次の瞬間に……。

鳴った。

聞いたことのないまるで落語の出囃子(でばやし)みたいな音が、俺のスクールバッグの中から聞こえる。

「陸一くん、返してもらってもいいかな?」

「は？」

「今陸一くんの鞄の中で鳴ってるの、私のスマホだから。返して？」

「え？」

「何回でも鳴らせるし、返すまでずっと鳴らすよ？」

「ええ？」

パニックをおこしかけている俺を舐めるように見て、渋谷はさも面白そうにクククと低く笑った。

「本当にどうしようもないのね陸一くんって。園美さんの言った通り！」

「あ？」

「甘えん坊で単純。視野が狭くて、なあんにも気づかないおばかさんだって。園美さんがそう言ってたな」

「はあ？」

「とにかく返しなさい、泥棒さん？　アズマのボンボンが窃盗なんかで捕まるわけにはいかないでしょ？」

窃盗。はっきり言われると体が動かなくなる。そして、まるで俺よりもずっとねーちゃんのことを知っているような渋谷の口ぶりに怯んだ。

ファスナーを開けてすぐさま渋谷に渡した。

後から思えば俺は渋谷の戦略に、無様なまでにハマってしまったのだ。

後ろめたいことのある人間はサイコパスでもない限り、渋谷みたいな女にかなうはずがない。今はそう思う。

スマホを渡すと、渋谷はにっこりと笑った。その笑顔に俺は冷や汗が止まらなくなる。

「エレベーター来たね。陸一くん、早く乗って」

「あ、ああ」

「私ね、前使ってたスマホも使ってるの、電話の機能は使えないけど、Ｗｉ－Ｆｉあればアプリとかもほとんど使えるから。ほら、こんなふうに無くしたスマホを探せるアプリが使えちゃうんだよね。本当に便利」

エレベーターの中に入ると、さっき詰め寄った時とは打って変わって、渋谷は穏やかにそう言った。

「……どうして俺が渋谷のスマホを盗ったって分かったんだ？」

「だって、陸一くん、私がスマホ触ってるとき、すごく怖い顔して見てるんだもん。殺気ハンパないからピンときた。だから今日、チャンスをあげたの。ね、私のスクールバッグから取り出す所までは、うまくいったでしょ？」

うまくいった時の喜びも、今の恐怖と絶望も、全て渋谷の思惑の中にあった。

「陸一くんがどうして私のスマホを欲しがったのかも分かるよ」

「え？」

「陸一くん、私に園美さんのこと聞きたかったんでしょう？　でも、普通に聞けば良かったのにそうしなかったのはどうして？」

　俺は答えられなかった。自分の都合のいいように返す言葉がなかったからだ。煮え切らない態度の俺を見て渋谷は諦めたようにこう言った。

「私のスマホを見て何が知りたかったの？」

「……どうしても、確かめたかったんだよ」

「何を？」

「渋谷だったら、ねーちゃんの大事なことを知っていると思ったから……」

「ずいぶん子どもっぽい言い方だけど、自分が園美さんのことを良く知らなかったということは認めるんだ？　具体的には何が知りたかったの？」

「それは分からない」

「そうだよね。ねえ、陸一くんは園美さんが養女だったってこと、知ってた？」

「あ、ああ」

　俺が最近知ったことを渋谷は当たり前のように知っていた。冷たい汗が止まらない。

「じゃあ園美さんに恋人がいたことは？」

「ああ」

「あ、訂正しないと。園美さんが恋人だと思いこんでいた人物がいたことは知っていた？」

「え？」

「その人物が男ではないことは知っていた？」

頭の中が真っ白になった。何もかもが吹っ飛んでよく分からない。ねーちゃんの恋人は恋人ではなくて、しかも男ではない？

まさか――。

俺は混乱した頭で渋谷を凝視した。自分のニブイ頭がなかなかこいつを自分の敵だと認識しなかった。

渋谷は俺から目を逸らすと自分のスマホを何か操作した。すると俺のスマホが震えた。

「いいもの送ってあげたから見て？」

恐る恐る、自分のスマホを見た。送られたのは何枚かの写真で、ねーちゃんが写っているものと、メールのスクリーンショットだった。

写真の中のねーちゃんは、ほとんど裸みたいな恰好で挑発的にこちらを見ていた。

……俺の知っている、ねーちゃんではなかった。

――早く唯香ちゃんに会いたいな♪

そんなべたべたしたかんじのメールを二件くらい読んで、吐き気がした。

「園美さんて、ちょっと露出好きなかんじ。頼んでないのにこういう写真送ってきちゃうんだよね。ねえ、知ってた？　知るわけないか。あははははは」

俺は思わず渋谷の胸倉を掴んだ。

渋谷はそれにちっとも怯まなかった。

エレベーターは図書館のある五階に着き、一度開いて閉じた。渋谷は何一つ恐れていなかった。

そして、俺の顔に息がかかるくらいの近さでさも楽しそうに笑ってから、俺を突き飛ばすどころか、更に間を詰めたかと思うと小さな手でするりと俺の股間に触れた。

驚きで頭の中が真っ白になり、体が硬直した。渋谷は慣れた手つきで確認するように撫でた。その瞬間、渋谷が何を確認しているのかに思い当たって頭にカッと血が上り、渋谷を思い切り突き飛ばした。

「何すんだよ！」

腹の底から自分で今まで出したことのない怒りに満ちた声が出た。でも、俺の怒声は渋谷には子猫の鳴き声ほどか弱いものなのだろうか？　渋谷は平然としていた。

「お姉さんのポルノでこんなにギンギンだなんて変態すぎない？　りーちゃん。園美さん、草葉の陰で泣いてるんじゃないかな？」

「ち、ちがう。そんなんじゃねえよ。何言ってるんだよ！　渋谷、お前なんだろ？　ねーちゃんに七百万も貢がせたの？　絶対許さねえ！」

「七百万？　私、自分で園美さんに何かをお願いしたことなんて一つもない。園美さんが勝手にしたの。夏休みとかに、園美さんと一緒に旅行に行ったりはしたけど。っていうか、陸一くんになんで、そんなこと言われなきゃいけないの？　あなた、お姉さんがレズビアンだってこと気づいてもいなかったんでしょ？」

「ねーちゃんが……本当に？」

「園美さんは、自分で抑圧しすぎてるかんじだった。誰にも言えなかったって言ってたな。だからのめりこみ方が中学生みたいで、ちょっと怖かった。こういう写真送っちゃうのって子どもっぽいって何回か言ったけど、止まらなかったんだよね」

俺は知るよしもない話に、ただ呆然とするしかなかった。

「ねーちゃんが、独り暮らしをしたのは、渋谷と会いやすかったからか？」

「そうみたいね。それだって別に私は頼んでないけど。それに私は園美さんと付き合ってるつもりもなかったし」

「は？　じゃあ渋谷にとってねーちゃんはなんだったんだよ？」

「最初は興味、あとはうんざり。園美さんのことは個人的に知りたかったけど、こういうことまでは知りたくなかった」

「渋谷からねーちゃんに近づいたってことだよな？　なのにあんまりじゃないか」

「陸一くんって、セックスしたらその相手と絶対に結婚するの？　間違ってもそんな化石を通り越した純粋なタイプじゃないよね？　なのにお姉ちゃんと寝た人間にはそれを求めちゃうんだ？ほんとに身勝手な話だよね？」

怒りでかあっと体が熱くなった。

それは渋谷の言葉が的を射ていたからだ。でも、いくら自分の考えが矛盾していたとしても、文字通り死ぬほど好きになった相手が、渋谷だったとしたら……ねーちゃんがあまりにも不憫だ。

渋谷の胸倉をまた掴んだ。引き寄せるとスクールバッグを開けた時と同じいい匂いがした。

渋谷はそんな俺に怯むはずもなく胸倉を掴まれたまま、艶然と微笑んでこう言った。

「いくら私だって、死んだ人のことをこんな風に言うのは気が引けるのに、陸一くんは本当にやりたい放題だね？」

――今、なんて言った？

思わず力が抜けた。狭いエレベーターの中で渋谷の勝ち誇ったような高笑いだけが響く。

「やっぱり、園美さんは、ちっとも元気じゃないんだ？」

エレベーターは一階に着いた、一階で待っていた人の一人が「降りないんですか？」と俺たちに尋ねた時に初めて俺は渋谷にハメられたことに気づいた。

「あ、降ります」

返事をしたのは渋谷だ。俺は黙ってそれに従うばかりだった。元いた場所にもどり、またジュエリーアズマの店舗が見えてしまった。

ねーちゃんの、死ぬほど好きだった人が、渋谷……。

叫びだしたいほど拒絶したい事実だが、確かに今までのねーちゃんの言動を組み合わせてみると、合点がいく部分の方が多くて、どんな風に受け止めればいいのか分からなかった。

「陸一くん、とりあえずあそこ入ろ？　あそこならこの時間まず誰もいない」

渋谷が顎をしゃくった先にあったのは、この施設の中にあるトラットリアだった。大型チェーン店ではない上、特に安くもなく高くもなく特別なかんじもしない店だった。高校生の俺たちでさえ、じきに潰れるだろうと噂してしまうような店だった。

「あ、ああ」

じわりと湧き出していた額の汗を指先で拭った。

あくびをしていた従業員に、渋谷はうまく何か言うと一番奥の席に案内してもらった。

「私、アイスコーヒー。陸一くんは？」

「じゃあ、俺も」

メニューさえ見ずにそう言わされた。

「もうちょっとリラックスしてくれないかなあ。変だと思われるよ？」

「……リラックスできるはずがないだろっ！」

「そう？　もう無理しなくてもいいでしょう？　園美さんのことは重たい秘密よね。どうして普通にお葬式をしなかったの？」

「なんでねーちゃんが死んだと思ってるんだよ？」

「陸一くんの近所で、園美さんが駆け落ちしたって噂が流れていたから。家出じゃなくて、駆け落ち。園美さんが駆け落ちしたい相手がいるとしたらこの世にたった一人。私だけのはず。だから噂はでたらめで園美さんは良くて軟禁、悪くて監禁。もっと悪ければ死んでるのかもなって。園美さんは『死』っていうフレーズがとても好きだったしね」

「お前、仮にも自分の恋人が死んだかもしれないのにおかしいだろ？　その態度は不真面目すぎる！」

「だって園美さんが死んだっていう実感ないもの。それに恋人ではなかったって、私、さっきも言ったと思うけど……例えば私が園美さんに脅されていたって言っても、陸一くんは信じてくれないでしょ？　大好きで大事で清らかなお姉さんが絶対だから。でも、冷静になってみて？　私に関係を迫っていたのは、園美さんの可能性の方が高いでしょ？　私は中学生だったんだから」

「そうだとしたって……」

「死者に対する冒涜？　死体を遺棄しているかもしれない人に言われたくないな」

「そんなことは」

「していない？」

「俺は……」

「あ、陸一くん、黙って」

渋谷がそう言って人差し指を唇に当てた次の瞬間に、あくびの従業員がやって来て、趣味の悪い大柄の赤いチェックのテーブルクロスの上にアイスコーヒーを二つ並べて行った。

渋谷はストローでゆっくり中身を掻き回した。

グラスの中でグルグルと回る氷。それは、俺がこれから渋谷に翻弄されることを暗示していたのかもしれない。

「ねえ、最終確認だけど、園美さんは死んだの？」

「……」

「それが答えってことだよね。お葬式をしないのは、園美さんの死に方に問題があったってこと?」

「自殺だよ……」

俺がそう答えた時の渋谷の満足げな笑みは、今も脳裏にこびりついて離れない。

「自殺ね。でもそれだけじゃあ、お葬式をしない理由にも、駆け落ちしたことにする理由にもならない。もう、陸一くんと話してると時間がかかりすぎる。いい加減理解してくれないかな?私が園美さんが死んだ事実を知っているってこと」

「俺、渋谷の言うこと何一つ信じられない」

俺がそう言った瞬間、渋谷から笑みは消えて鋭く睨みつけられた。

「何一つ、信じたくないだけでしょ?現実逃避してたんでしょう?しょっちゅうしてたんじゃない?園美さん可哀想。あんなに大事にしていた弟に見殺しにされたなんて」

「見殺しになんか、してねーよ!」

怒りのあまり立ち上がると、アイスコーヒーの入った分厚くて重たいグラスが倒れた。赤いチェックにわざとらしい匂いのする茶色の液体が広がる。

「すみませーん!」

渋谷は冷静に店員を呼ぶ。俺が何をしようと驚かないつもりなんだろうか。店員は慌てて駆けつけてテーブルを片付けた。俺ではなく渋谷がにこやかにお礼を言った。

「陸一くん。こうしていても仕方がないから行きましょ?」

「え?　どこに?」

「もちろん、陸一くんの家に決まってるでしょう？　園美さんが自殺した場所に連れて行って欲しいの。自殺したのは自宅の敷地内でしょ？」

「なんで俺がそんなことしなきゃいけねーんだよ」

「私がそうしたいからよ。自分の立場をもう少し考えてみたら？」

「脅迫する気かよ」

「あなたがしようとしていたことを私がしたっておかしくないでしょ？　スマホを盗んだのはそういうことなんじゃないの？　私の弱みを見つけて脅すつもりがなかったとはとても思えないな。とにかく連れて行ってもらう。私、園美さんと約束をしてるし」

「ねーちゃんと、いったい何を約束したっていうんだ？」

「そろそろ口の利き方に気を付けないと、私、通報しちゃうよ？　園美さんはもう死んでるって」

渋谷は俺の方に伝票を放り投げると早々と店を出た。会計を済ませてから、どんな風にして渋谷を家まで連れて帰ったかを俺はよく覚えていない。


「すごい。蔵って初めて見た」

ねーちゃんが死んでから、俺は初めて蔵に足を踏み入れた。梯子（はしご）を上った屋根裏に行こうとすると、耳鳴りと頭痛で頭がおかしくなりそうだった。

屋根裏に入ると俺は息苦しさのあまり、床に四つん這いになった。ねーちゃんが死んだ時の、脇差しを抜いた重さとかねーちゃんの苦悶（くもん）の表情とか血の赤さとか、五感の記憶すべてが再現されそうな気がして、恐怖で動けなくなった。

後から上って来た渋谷はそんな俺の姿を見て呆れていた。

「いい恰好。まあ、その方が私はやりやすいけど」

うっすらと、もしかしたら俺は渋谷に殺されるのではないか？　と思った。

本当は渋谷もねーちゃんのことを好きで、仲を引き裂こうとした東の家の人間を憎んでいて、俺を殺す。

そんな筋書きの方がずっとねーちゃんに優しい。それなら俺も理解はできるかもしれない。でも、渋谷はそんなまねはしなかった。

屋根裏を物色して何かに足を止めて探っていた。五分もかからなかったと思う。

「もういい。ねえ、陸一くん自分の部屋にパソコンある？　あるよね、貸してくれない？」

渋谷は俺の返事なんて待っていなかった。次は何をさせられるのか……。この女のたくらみがなんなのか分からないことが不安でたまらなかったけど、とにかく蔵から離れたかった俺は、渋谷を母屋の二階にある自分の部屋に案内した。

「うわ。部屋広い。流石跡取りってかんじ？」

「べつに、普通だろ？」

「陸一くんにとっては普通なんだね。勉強机とパソコンデスクの両方ある、十二畳以上の二階の一番日当たりのいい部屋が自分のものってことが。ねえ、パソコン立ち上げてくれる？」

「ああ……」

「急いでね。できたら明るいうちに帰りたいんだから。ああそうだ。お母さんに電話しないと」

明るいうちにとか、お母さんに電話とかいうフレーズが、俺をいたぶる渋谷の行動と重ねることができなくて、よりいっそう不気味だった。

俺がパソコンを起動している間、渋谷は電話をしていた。

「東くんの家に遊びに来ているから」

渋谷は明るい声でそんな話をしていた。そして電話が終わると、俺の近くに来て画面を遮ろうとするかのように顔を寄せて来た。

「もう使える？　ならどいてくれる？」

「あ、ああ」

渋谷は俺を押しやるようにどかすとパソコンデスクに座り、俺は渋谷の右斜め後ろに立たされた。渋谷はマジシャンのようにどこからともなくＳＤカードを出して指先でくるくると回して、それを俺のデスクトップに差し込んだ。デスクトップがそれを読み込み画面がさっと変わった。

「いったい何をしてるんだ？」

「園美さんは、色んなものを私にくれたけど、私としてはこれが一番の贈り物かな。もったいないけど陸くんにも見せてあげる」

デスクトップの画面から動画が流れはじめた。

「これ……。蔵？　え？　ねーちゃん」

　最初はよく分からなかった。身を乗り出して食い入るように画面を見ていたら、脇差しがきらりと光って、ねーちゃんの腹に飲み込まれていった。

　一瞬で、胃の中のものがせりあがってきた。俺は立っていられなくなって、四つん這いになる。胃がむかむかして気持ちが悪くてたまらない。

「ちょっと、陸一くん、吐くならこれに吐いたら？　掃除とか自分でしないんでしょ？　私、陸一くんのゲロの始末なんか絶対したくない」

　渋谷が差し出した自分の部屋に置いてある銀色のゴミ箱のペダルを踏むと同時に、胃の中のすべてをそこにぶちまけた。喉や鼻の粘膜が焼け付いたようにヒリヒリする。肩で大きく深呼吸してから絞り出すように声を出した。

「お前、これどうして？」

　そう言った瞬間、俺の鼻から火が出た。渋谷は俺の顔面を思い切り膝蹴りした。あまりの痛みに、思わず鼻を押さえる。ポタポタと血が落ちてきた。

「お前とか言うな」

「はい……」

「園美さんね、死ぬ死ぬって何度かメールくれたから、本当に死ぬんだったら、映像で残しておいて欲しいってお願いしてたの。あ、ほら見て、陸一くんもちゃんと映ってる」

この時になって、俺はようやく気づいたんだ。

俺の目の前にいる、この女は……。

本物の悪魔だってことに。

「酷過ぎる、お前なんか人間じゃない」

思わず口が滑った。また、膝蹴りされるのを覚悟して顔を庇うと、髪を掴まれてデスクトップのモニターの前に引っ張られた。

「よく見て？　人間じゃないのはあなたもあなたの両親も同じでしょう？」

俺の記憶にない時間のことも映像はしっかりと記録していた。

父さんの一番大きなスーツケースを母さんが運び込んできた。

そのスーツケースに姉さんを押し込めようとする母さんと……父さん。

いよいよ入らないことが分かると、母さんはどこからともなくブルーシートを持ってきた。

二人でシートを敷き、激しく口論してから、母さんがねーちゃんの死体を破壊しはじめた。

あんなものどこにあったのだろう？　重たいのはふらつく母さんの様子で窺えた。

ねーちゃんに斧が振り下ろされた。母さんのその顔には何の表情も浮かんでいなかった。

父さんはそんな母さんを虚ろな様子で眺めていた。

「うげええ」

俺は渋谷を振り切って床を這いずった。もう何も残っていないはずなのに、俺の胃は痙攣し続けて、俺は再びゴミ箱を抱えた。

「陸一くんのお母さんって、本当に園美さんが邪魔だったんだね」

「ち、ちがう」

「違わないよ。じゃないと毛並のいいマダムがこんなことまでできない。黙って立ち尽くしてたお父さんの方が反応としてはよっぽどまし」

違うと言ったけど確かに自信はなかった。ねーちゃんが駆け落ちしたと言った時の母さんの表情がそうさせた。

「まあ、こんなことができるなら、これからとっても私の役に立ってくれそう。ああ、なんだか久しぶりにわくわくする」

小さな子どものように笑う渋谷の声は、俺の不安をしっかりと形を持った恐怖へと変えていった。


この日から俺と俺の家族は渋谷に這いつくばる奴隷になった。渋谷はあの動画を投稿サイトに非公開でアップしていた。何かあるたびに公開すると俺たちを脅迫し、やるべきことを指示した。指示されたことの中には、今となっては何であんなことができたのか分からないような、口に出すのもおぞましいことが山ほどあった。

でも、こうして渋谷が死んでしまった今、俺は新たな恐怖に怯えている。それは殺人の容疑者として警察に拘束されているからではない。俺に命令する渋谷（しゅじん）がいない。俺は何をどうすれば今を乗り切れるのかが、さっぱり分からないのが怖いのだ。

渋谷が死んだ前日、俺は渋谷から彼女を罵倒するように命令されていた。そのせいだけではないだろうけど、俺は容疑者になった。

だとすると、渋谷は自分が殺されること、もしくは殺されるかもしれないことを、知っていたのではないだろうか？


いったい誰なんだ？　渋谷を殺したのは。


絶対にうちの家族ではないはずだ。渋谷にとって俺たち一家は支配し服従させるのにうってつけの家族だったに違いない。醜聞を何よりも恐れていた両親の性質を渋谷はよく理解し、飴と鞭をふるった。

今、うちの両親は俺が警察に捕まったことや、殺人の容疑者になっていることよりも、渋谷が……唯香さまが死んでしまったことで、パニックになっていると思う。

なぜ殺されたのか？　とは思わない。ただ、渋谷を殺せる人間がいるのだということが、恐ろしくてたまらないのだ。渋谷よりももっと恐ろしい存在の人物がいるかもしれないのだ。

——お姉さんのポルノでこんなにギンギンだなんて変態すぎるない？

渋谷は人の弱みを見つける天才だったとしか思えない。今まで俺さえ気づいていなかった真実を言い当てたのは渋谷だけだった。

真実を知る唯一の存在であった渋谷。彼女が死んだことに言いようのない虚しさを覚える俺は、やはり狂っているのだろうか？

もうすぐ弁護士が来る。今日こそ俺はすべてを話そうと思う。

誰かがこちらに来る気配がする。

俺は深々と息を吸った。

3. 南条拓也 Takuya Nanjo

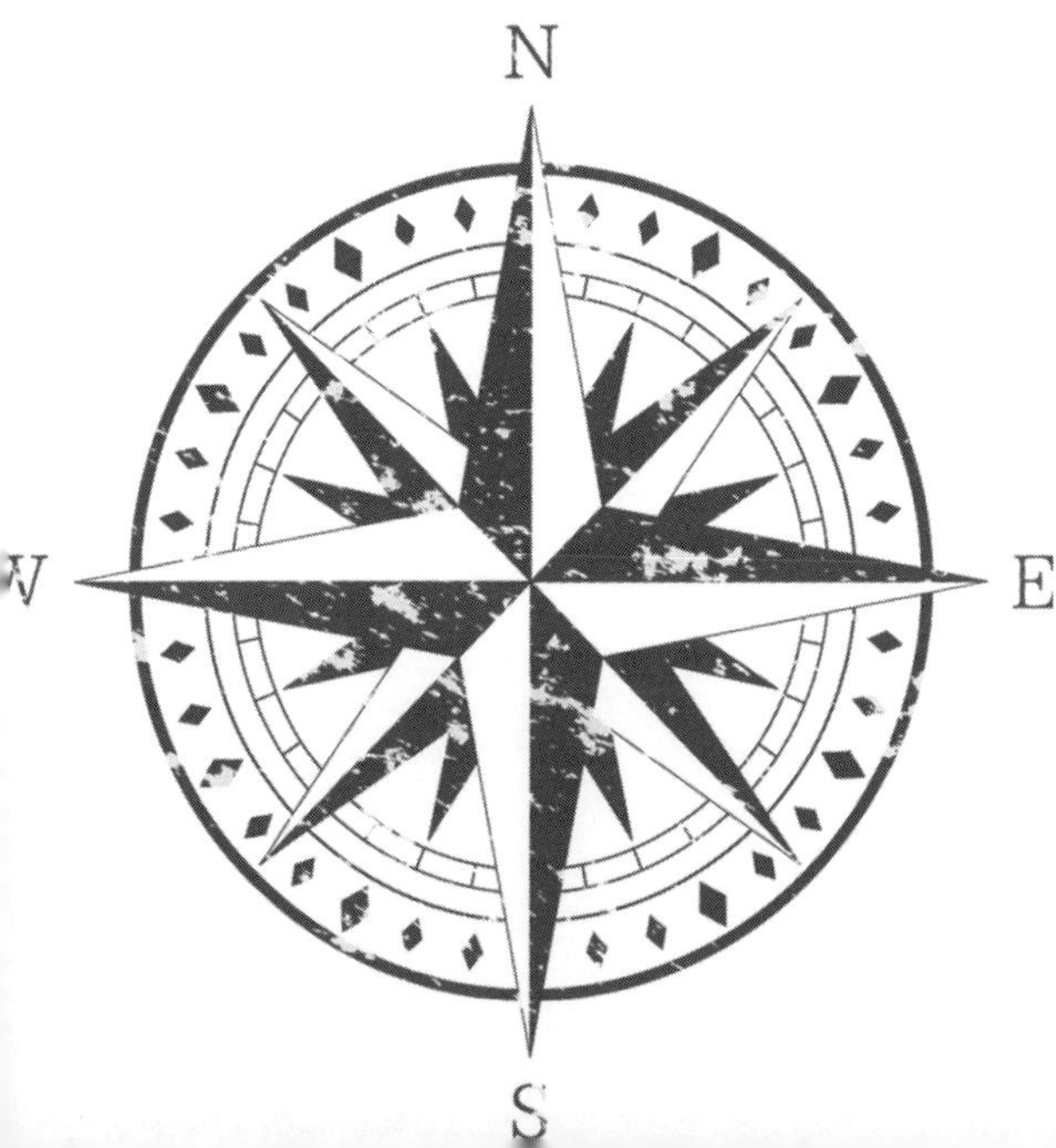

「おめえがいなけりゃ楽しいことができるのにと思うと、おれは気が変になりそうだ。気持ちが安まらねえよ」

——ジョン・スタインベック『ハツカネズミと人間』

気づけばまた爪を噛んでいた。いくつだか分からない子どものころから、不安なときはいつもそうしていた。

渋谷が俺の爪を見て笑ったことがあった。

「南条先輩の爪、大きい手に似合わず小さすぎ」

「ダメなんだよな。爪噛む癖直んなくて」

「でも、学校で爪噛んでるとこ見たことないですよ？」

「それは……」

当たり前だ。学校でそんな所を誰かに見られて、自分が作り上げたイメージを壊すわけにはいかない。自分の設計図通りに人生を進める。それが俺にとってどんなに困難なことなのか、誰も知らなかった。

爪を噛みはじめたころのことは覚えていないけれど、小さいころの酷い暮らしだけは胸に焼き付いている。

築四十年だか五十年だかのボロアパート。部屋の中はいつもぐちゃぐちゃだった。

「あはは。たっくん、こんなとこいた。いつのまにかくれんぼしてたの？　しい、みつけられなかった」

俺は決まって押し入れの下の段にいるのに、しいちゃんは毎回俺を見つけることができなかった。

「しいちゃん、おなかすいた」

「だよね。こっちでなんかたべよう」

しいちゃんは部屋の片付けができない。

冷蔵庫に何が入っているのか分からなくなって、食べものや飲みものをしょっちゅう腐らせてしまう。

買い物も計算が上手くできなくて時々つらい。

施設で育ったことを時々話す。

十六歳で父親の分からない子を産んだ。

そう。「しいちゃん」は俺の母親だ。

「あれー。ごはんないや。おかずだけでいい？」

「なんでもいい」

レトルトカレーをルーだけ食べるなんてことが日常茶飯事だった。正直、しいちゃんが炊飯器を完璧に使いこなせるかは今もかなり疑問だ。

酷い暮らしとは言ったけれど、当時の俺はそれでも幸せだったんだ。

しいちゃんは俺を叩いたり、怒鳴ったりは絶対しなかった。

「わたしのかぞくは、たっくんだけだよー」

とよく抱きしめてくれた。

ずっとあのままだったら良かったのかもしれないと思う。

けれど、子どもの世界は必ず動き出してしまう。


俺が二ヶ月遅れで小学校に入学できたのは、入学通知に反応しない家庭を学校の先生が訪ねて来てくれたからだ。

今から考えると俺にちゃんと戸籍があることや住民登録がされていたことも、偶然が重なって起こった奇跡なんじゃないかなと思う。

夕方、ボロアパートをノックしたのは眼鏡をかけたおばさんの先生だった。

「誰？」

「南第二小学校の澤村です。君は南条拓也くんかな？　お母さんとお話がしたいんだけど、今お家にいるかな？」

「しいちゃんなら、寝てるよ。きっともうすぐ起きると思うけど。呼んでくる？」

「お願いできるかな？」

　澤村先生はとてもいい先生だった。しいちゃんが抱えている問題にすぐ気がついて、しいちゃんを責めるようなことを決して言わなかった。もしこれが他の先生だったら、俺は学校には縁のない生活をしていたかもしれない。


　しいちゃんは俺が小学校に行く前日、寂しいと言ってわんわん泣いた。

　ランドセルや筆箱を買いに行った時はあんなに楽しそうだったのに。

　あんまり泣くものだから不安になった。

「しいちゃん、小学校ってそんなに怖いの？　つらいの？」

「ごめんね。たっくん。たっくんがっこうにいっちゃうのがさびしいの！」

　赤ちゃんだったら、ずっと、一緒にいられるのにね。そんな無茶苦茶なことを言われたけど、なんだか俺も悲しくなって一緒にわんわん泣いた。

　しいちゃんがわんわん泣いたのも後から納得した。

　小学校に行くことで俺は、俺としいちゃんの生活が異様なものなのだということに気がついてしまった。

朝はみんな登校の時間よりずっと前に起きて、朝ごはんを食べる。

家にはだいたい〈お父さん〉がいる。そういう家族構成的なことは早くに気づけた。

でもそれより少し後に、参観日で他の子の〈お母さん〉と、しいちゃんを見比べて、しいちゃんが他の〈お母さん〉とは違う。ということに焦った。

しいちゃんは、他の〈お母さん〉よりずっとすべすべした頬をしていた。

他の〈お母さん〉は自分のことを「しいちゃん」と言ったりしなかった。

しいちゃんは他の〈お母さん〉より、ずっと笑っていた。

他のお母さんは「しいちゃん」みたいな子どもっぽい話し方をしなかった。


そして、ある時、自分が押し入れの下にもぐりこんでいるのがおかしいということと、そんな時しいちゃんがいつも何をしているのかを知った。

北山は、友だちなんていない子ども時代を過ごしたって高らかに言っていたが、俺だってあいつに負けないくらいの子ども時代だと思う。

母子家庭で、母親に軽度の知的障碍があり、頼れる家族や親戚が一人もいない。

ここまででも大変なのに、しいちゃんは売春していた。

耳をふさいでも聞こえる、母親と、母親にのしかかった男の喘ぎ声を聞くのがどんなに惨めか、北山に話してやれたら、さぞすっきりするだろう。

不幸の数をあげつらったら俺は北山にそんなに負けてない。

そして、俺の不幸せがどんどん大きく重たくなっていったのは、俺がそんな「しいちゃん」を大好きだったからだ。


自分の名前すら書けなかったのに、学校に行きはじめて半年もすると俺はクラスメイトの誰よりも「勉強」に向いていることに気づいた。そのことを、担任だった澤村先生はよく褒めてくれた。しいちゃんと二人きりの生活のせいで、俺にはあまり常識がなかったけど、澤村先生のおかげでどうにか誤魔化せた。

じっと他の子どもたちの様子を窺って「子どもらしいあたりまえ」を覚えなければならなかった。

しいちゃんのことは澤村先生以外の誰にも知られたくなかった。

自分がそう考えていることが酷く苦しかった。大好きなしいちゃんのことを隠したくなる自分が恥ずかしかった。

けれど、どんなに俺が気をつけてみたところで、しいちゃんに障碍があることはしいちゃんが話をするのを聞けば分かってしまう。

ある日のお昼休み、給食の片付けをしていたら、クラスメイトの一人がこう言った。親が教育ママ代表みたいなかんじで、俺が澤村先生に褒められる度に歯ぎしりしているようなやつだった。

「拓也のお母さん、話し方変。大人なのに、子どもみたいなんだな。『しいちゃん』だって。バカみてえ」

秒殺で持っていた食器をそいつに投げつけて、飛び掛かった。

ケンカなんてもちろんしたことはなかったけど、そいつに馬乗りになって、引っ掻いたり殴ったりした。

騒然とした教室に澤村先生が戻って来て俺たちを引き離した。

「南条くん、三谷くん。何があったの？」

「南条がいきなり飛び掛かってきたんだよ！」

「南条くん。本当なの？」

「……うん」

「そう。じゃあ、三谷くんに謝らないといけませんね」

「はい」

謝るなんて絶対嫌だったけど、三谷に飛び掛かった理由を言いたくなかったから、渋々謝った。

放課後、俺は澤村先生に呼び出された。

「南条くん、もしかして、三谷くんにお母さんのこと、からかわれたりした？」

　俺は先生と目を合わさずに下を向いて、上履きの中の足の指をもぞもぞさせた。

「三谷くんが、お母さんのことをからかったなら、三谷くんだって悪い。でも、南条くんは暴力を振るったからもっと悪い。これから、また誰かにお母さんのことを言われた時、南条くんが同じことをしたら、先生はとても悲しいな」

　下を向くのを止めて、先生の目を見た。

「先生、僕、悔しかったんだ。でもあいつの言うことは本当のことだから、何も言い返せなくて、悲しかった」

　また下を向いたら、堪えていた涙がポタポタ落ちて上履きに滲んだ。先生はふう、と大きく溜息をついた。

「南条くん、確かに、あなたのお母さんに軽度の知的障碍があるのは事実だけど、それを悪口の種にする人は、良くない人よ。そっちの方が間違っていることはこれから絶対忘れてはいけない。でも、あなたも忘れたらだめよ。あなたのお母さんが、あなたにとってどんな存在なのか、それが一番大事でしょう。南条くんはお母さんが好きよね？　それにお母さんもあなたのことが大好き。そういうことを、ちゃんと言い返せるといいと思うな」

「……先生難しいよ」

「そう？　あなたになら、きっとできるわ」

　澤村先生はにっこり笑った。先生が教えてくれたことの中で一番役に立っているのはこれだった。しいちゃんの障碍のことをからかわれたら、使えるカードだった。

でも、澤村先生はしいちゃんが売春しているとは夢にも思わなかったみたいだった。俺は澤村先生にもそれを知られたくなかった。

澤村先生は俺が小五の時に、定年を待たずに小学校を退職した。

癌(がん)を患って、仕事を続けられなくなったからだ。俺は同級生と行ったお葬式で、人目も憚(はばか)らず、わんわん泣いた。でもこうも思った。

沢山の花が出された立派なお葬式、誰もが澤村先生の死を悼み悲しんでいた。


俺も死ぬときこうありたい。

初めて野望というものを持った瞬間だった。


俺が中学生になると、さすがにしいちゃんは俺を押し入れに入れておけなくなった。

でもやっていることは今までと何も変わらない。場所が家の中じゃなくなっただけだ。

恐らくしいちゃんの客の誰かが、入れ知恵をしたらしく、いつの間にか携帯を持ち歩いていて、メールや電話で呼び出されるとしいちゃんは出かけた。援デリで働いているみたいだった。

「生活保護」というものの存在を知った時から、しいちゃんには何度も何度も、もらえるはずだから、申請しようと言い続けた。でも、しいちゃんはかたくなにそれを拒否した。

「お金もらえるから。申請は俺が自分でするから。しいちゃんはついてきてくれるだけでいいんだ」

「ナマポなんて、しいちゃん、おかねある。おにもつじゃないもん。それにたっくんが、がっこうでいじめられる。ナマポなんて、ナマポなんて……」

話し合いを続けると、たいていしいちゃんはパニックを起こして、わあわあ泣いた。

しいちゃんは施設にいた時、散々な虐待をうけていたようで「生活保護」というキーワードは、そのトラウマを刺激してしまうようだった。いったいどんなことを言われていたのか想像するだけでつらい。馬鹿にされていじめられている小さかったころのしいちゃんを思うと胸は痛む。でも、その痛みを無視してでも説得したかった。俺はしいちゃんの売春をやめさせたかった。

学校でいじめられる方がしいちゃんが色んな男の人と会うよりよっぽどましだ、とやんわり言ってもしいちゃんには俺の気持ちは全く分からないみたいで、何度話し合っても上手くいかなかった。

しいちゃんとの話し合いが上手くいかなかった俺は、別の手段を使うことにした。出会い系サイトやアプリで、しいちゃんの客を見つけてくる「打ち子」の男を、しいちゃんの携帯からメールを送り、近所の河原に呼び出したのだ。

明らかにやくざとかだったらどうしよう？　と考えていたけれど、現れたのは四十代くらいのひょろっとした猫背の男だった。馴れ馴れしいにやにやした顔に思わず寒気を覚えた。

「あの、俺……」

「ああ、しいちゃんの息子だろ？　しいちゃんがいっつも話してるよ。へー。結構でかいな」

「あの、しいちゃんのふりをして呼び出して突然こんなこと言ったら、不愉快だと思われるかもしれないですけど、もうしいちゃんに連絡しないで欲しいんです」

男の顔からいやらしい笑みがすうっと消えた。男はポケットから煙草を取り出して、火を点けた。夕方の河原はジョギングをしている人と、犬の散歩をしている人がちらほらいるだけだった。

「お前、俺を呼び出したってことはさ、お前の母ちゃんが何してるのか知ってるってことだよな？」

「はい」

思わず唇を噛み締めた。

「じゃあ、俺が何してんのかも知ってるってことだよな？　だったら、なんで俺がお前の頼みを聞かなきゃいけないんだよ？　しいちゃんはまあＪＫに比べたら年増だけどよ、あいつはどんなキモイ客でも嫌って言わねえ。ＡＦ（アナルファック）もオッケーだし、マニアックな客の相手もできる、すっげえ貴重な人材なわけ。分かる？」

かあっとなって、猫背男に体当たりをしたけど振り払われて、逆に殴られた。

骨が砕けて、顔の半分がなくなったんじゃないかと思うほどの痛みにうずくまった。猫背男はうずくまった俺を見て、溜息をついてからまた煙草に火を点けた。

「殴って悪かったよ。でも、お前だって本当は分かってるんだろ？　お前が俺を追っ払ったところで、また俺みたいな男が出てくるか、そうじゃなくたって、お前の母ちゃんは自分一人でも客を見つけてくるよ。だってしいちゃんは……」

「……うるさい。言うな……もういい……」

俺がそう言うと猫背男は煙を連れて、俺の視界から消えた。


「おかねをくれるひとはいいひとだよ。わるいヤツは、しいちゃんのことぶつしおかねはくれないもん」

以前何かの時にしいちゃんはそう言っていた。

しいちゃんは売春に対しては抵抗がない。

むしろセックスをしてその見返りをもらうことが、しいちゃんの自己肯定を生んでいるようにさえ見える。

それに、しいちゃんはセックスそのものが好きだった。子どものような無邪気さのせいで、なんの倫理観もなく、ただ好きなんだ。俺が押し入れの中で聞いていたことはそれを物語ってしまう。

拭いても拭いても溢れる涙を諦めて家に帰った。

寝ていると思っていたしいちゃんは起きていて、帰ってきた俺の顔を見て悲鳴をあげた。

「たっくん、どしたの？　だれかにいじめられたの？　ひどいやつ。ぜえったい、ゆるさない」

しいちゃんは威嚇するネコみたいにふうふううなった。

殴ったのは猫背の男だと言うと、

「あいつ、たっくんをいじめたの？　ぜったいゆるさない！」

「ちがうんだ……」

「ごめんね、たっくん、いたかったたねえ」

しいちゃんに抱きしめられながら、俺は思った。しいちゃんは俺のことが本当に大好きなのだ。

だったら、俺が取るべき行動は……。

「たっくん、いたくなくなった？」

涙が乾いた俺を見てそう言うしいちゃんに、本当はまだ痛かったけど頷いた。

この日、俺は悪魔に魂を売り渡すような気持ちで、ある決心をした。

こんな生活から這い上がりたい。

それだけが、俺の頭を占有するようになっていくのをもう自分でも止めることができなかった。


生活保護を受けるようになったのは中三の春からだった。学校の中で、風当たりが強くなることはなかった。いつも通りの生活の中、近所に住んでいる民生委員の井口さんが定期的にやってきた。

しいちゃんは最初は井口さんをものすごく警戒していたけれど、井口さんの欠点がおしゃべりなだけだと分かると、あっさり井口さんに慣れた。

　椿ヶ丘に入学することに決めたのは、中学の担任に勧められたからだ。特待生になれば学費は免除されるし、進学はした方がいいと熱っぽく言われた。たぶん、一人でも多く椿ヶ丘に合格する人間を増やしたかったのだと思う。

　無事に入学できた時、一つ階段を上れた気分だった。

　もちろん、入学してからも血のにじむような努力をした。テストと名前のついたものは、常に一番でないと安心できなかった。そして家に帰れば、しいちゃんの苦手な家事を引き受けた。

　椿ヶ丘に入学してからは、本当に充実していた。

　いくつか先送りにしている問題はあったけど、コツコツ地道に這い上がっている実感があった。

　そんな、高一の冬休み間近。クリスマスイブだった。

　ボロアパートの玄関を開けると、部屋の奥からしいちゃんのクスクス笑う声が聞こえた。

「カオリンは、ほんとおもしろいねえ」

「そんなことないって、しいちゃんの方が面白いよ。私、しいちゃんと一緒にいると癒される。そう言うお客さんいっぱいいたでしょ？」

「そうかなあ？」

「そうだよ。だからしいちゃんかなり妬まれてたよね、ＪＫに。すごくない？　ママなのに女子高生から嫉妬されるとか」

「ちがうよう。しいがばかだから、いじわるしたんだよ」

「あいつらの嫌がらせは、しいちゃんが人気者だったからだよ。私、しいちゃんみたいに優しい女の人、他に誰も知らないよ」

「カオリンのほうがやさしいよ。こんなバカなしいのはなし、ちゃんとさいごまできいてくれるんだから」


カオリン？　誰だ？　これは？


でも、この会話の情報量で、一つだけ確実に二人の共通点が見えた。

援デリだ。

どうして今更、援デリで知り合った女なんかを、しいちゃんは家の中に入れてしまったんだろう？　もうほとぼりが冷めた気分でいた俺がこの展開を歓迎できるはずがなかった。

俺は中に入るべきじゃない。援デリで小遣い稼ぎをするような女と他の場面で接点があるかどうかは分からないが、この町の狭さを思うとどこでどう繋がるか知れたもんじゃない。しいちゃんと話している女は知り合いになりたくない人間の一人だ。カオリンとやらが帰るまでどこかで時間を潰そう。そう考えて靴を脱ぐのをやめた瞬間にしいちゃんに呼ばれてしまった。

「あ。いま、たっくんかえってきた！　たっくん、ねえ、はやくきて！」

今すぐにでも逃げ出したいくらいだったけど、しいちゃんに呼び止められて俺は行くしかなかった。見慣れた部屋のこたつの中に、見慣れたしいちゃんと、見慣れない中学生。ああ、スカーフが赤いから西中だな。西中女子がいた。

え？　マジでこんな子が売春すんの？　だったら……。って俺くらいの年ごろの男ならついそんな考えが浮かんでしまうような女が、こたつにちょこんと座っていた。透き通るように色が白くて、染めてはいないみたいだけど茶色いサラサラしたセミロングの髪が小さな顔を縁どっていた。漫画に出てくる古典的な正統派美少女ヒロインってこんなかんじだろうと思う。

大きな黒目を縁どる睫毛は影ができるくらい長かった。すっと通った鼻筋は印象的だった。そして唇がとても赤かった、内臓みたいに、あそこみたいに。どこか他の場所で出くわしていたなら彼女が清純な少女を演じていたとしても俺はその演技に気づけないだろう。

俺は頭の中で彼女を値踏みしていた。

いったいいくらなんだろう？

しいちゃんとは違う意味で高いんだろうな。なんとなくそう思った。

「たっくん！」

しいちゃんにきつく呼ばれてハッとした。

「え？」

「たっくん、きょうね、ひさしぶりに、おともだちからメールがきたの、このこね、カオリン。とってもいいこなの」

「そうなんだ」

「うん！」

子どもみたいに無邪気な笑顔。しいちゃんがこんな笑顔になる相手は数少ない。「メール」で繋がった今、彼女を追い払うのは容易でないことが予想された。

反射的に警戒心がマックスになる。

でもしいちゃんを受け入れてくれた人間と言う意味では、ある意味甘くなる。

まさに両極の存在。

「あ！　しいちゃんの、自慢の息子さんだ。たっくん？　えー。びっくり。私より年上？」

友だちという言葉が耳に残っていてじわっと鳥肌が立つ。しいちゃんが「友だち」に飢えていても仕方がない。でもそれは俺だって同じ状況だった。俺たちは孤独な家族だった。

「しいが十六さいのとき、たっくんがうまれたんだよ。たっくんはね、しいとちがってかしこいんだ。すごいんだよ」

しいちゃんは「えへん」と言わんばかりに胸を張った。

それから、なぜか三人で俺が買って来たクリスマスケーキを食べた。おなかがいっぱいになると、しいちゃんはこたつでうたた寝をしはじめた。

息苦しそうだったから、こたつ布団をかけなおしてやると、しいちゃんは満足げにうなった。

「そんなことしてるの見てると、しいちゃんとたっくんって、親子っていうよりは恋人同士みたいだね。え？　何？　そんなに睨まなくてもよくない？」

「特殊な親子関係なのは認めるけど、そんなことを言われていい気分になれる高校生はいないね」

「特殊……確かにそうかもね。でも、すごく仲良くて羨ましい。ねえ、私としいちゃんがどこで知り合ったかとか聞かないってことは、私が何をしてるのか知ってるってことだよね？　だったら、聞きたいことあるんだけど」

「何？」

「どうしてしいちゃん、援デリやめちゃったの？　一人で客ひくより援デリの方が怖いことが少ないって言ってたのに……」

「必要なくなったんだよ」

「必要なくなった？」

「うちは生活保護受けるようになったから。だから、しいちゃんがもうああいうことする必要ないんだ」

　カオリンはしばらくじっと俺の目を見ていた。嘘や誤魔化しを見つけようとしているみたいだった。

「それだけ？　それでやめたの？」

「ああ」

「私はしいちゃんに彼氏ができたのかもなあって考えてたんだけどな。違うんだね」

　まずいと思った。カオリンは俺の予想よりずっと頭がいいようだ。猫背の男と同じことを考えているのかもしれない。暑くない室内で背中から汗が噴き出した。

「残念ながら、そうじゃないんだ」

「ふうん」

　カオリンはまたじっと俺の目を見た。ポリグラフにかけられている気分になる視線だ。それでもしばらくするとふいっと視線を外した。

「あ。私そろそろ帰らないと。また遊びにくるってしいちゃんに言っといて」

「うん、分かった」

　カオリンが帰って俺は深々と溜息をついた。カオリンには何もかも、俺がしていることさえも分かっているのではないかという焦りに俺は怯えた。

　西中の援デリ少女。

　それでも、なるべく接点を持たずに生活できるはずだと、何度も自分に言い聞かせて気持ちを落ち着かせた。

　だが、そう上手くは行かなかった。


　カオリンは時々やってきては、しいちゃんと話をしていた。それだけのことなら特に問題もないだろうと考えていた。しいちゃんがかつて援デリで働いていたことと、西中女子のカオリンが働いていることは等価の秘密で、おまけにカオリンと俺には接点がしいちゃんしかない。だから、俺が困るようなことにはならないだろうと考えていた。

しいちゃんはカオリンが来ると手放しで喜んでいたし、二ヶ月もすると不思議なもので、最初の警戒心は薄くなっていった。

カオリンは何も話さなかったけど、カオリンにもそれなりの事情があって、援デリで働いているんだと思うと、知らず知らず優しい気持ちになっていったのも否めない。

カオリンの存在が大きな問題になったのは四月になってからだ。

椿ヶ丘の入学式は昨年度のクラス委員が準備するのが恒例だった。クラス委員だった俺は裏方としてステージの袖にいた。式がはじまってしまえば特に何もすることがないのでぼんやりと式の進行を眺めていると、一年の時同じクラスだった女子に話しかけられた。

「ねえ、南条くんって去年の新入生代表だったよね？」

「まあね」

新入生代表の挨拶は入試でトップだった者がすることになっている。壇上に上がった時の高揚感を思い出した。

「今年は女子なんだって。しかも、国語の渋谷先生の娘さんなんだって」

「ふうん」

今年の代表が誰だとかなんて全く興味がなかった。どうしてこの女子はこんな広がりようもない話を俺にするのか。若干鬱陶しく思いつつ生返事をしながらステージの方を見た。教頭先生がその一年生代表の名前を呼んだ。

「一年生代表。渋谷唯香！」

「はい」

しばらくすると、視界にゆっくりその女子が入って来た。

「えっ⁉」

「南条くんどうしたの？」

「あ、ああ……何でもない。ちょっと知り合いに似てたから。でもたぶん違う」

「そうなんだ。結構かわいい子だね」

「ああ……そうかな？」

もうすっかり見慣れた横顔だった。

カオリンが椿ヶ丘に入学することを誰に想像できただろう。

少なくとも俺には無理だった。

そう。新入生代表で国語の渋谷先生の娘。渋谷唯香こそが、西中の援デリ少女。

い、い、い、い、い、い
あのカオリンだった。


カオリンはしばらくの間学校では他人のふりをしてくれていた。しかし、それも長くはなかった。一番揉めごとや面倒なことを避けたい生徒会の選挙期間中に、俺はしたり顔のカオリンこと、渋谷唯香に呼び出されて郷土資料研究会という、渋谷が作った同好会に入るようほとんど強引に勧誘された。

「俺、部活動はしないって決めてるから悪いけど遠慮しとく」

「同好会にするには人数が足りないの。ね。名前だけ貸すと思ってくれたらいいから。それに毎日来なくても構わないし……」

「放課後は、早く家に帰ることにしてるんだ」

「しいちゃんが何するか分からないから？　ねえ、たっくん、私が椿ヶ丘に入学したことで、出し抜かれたような気がして怒ってるんでしょ？　でも、私たち仲良くしていた方がいいと思うよ。私って意外と気が短いから、しいちゃんがしてたこととか話してたことを、井口のババアに全部喋っちゃうかもしれないし。私ね、しいちゃんが大好きなの。だから……」

「分かった！　分かったから」

　俺は書類に名前を書いた。

「なあ、お前はまだ、援デリやってんの？」

「何？　たっくん？　私としたいの？　サービスしようか？」

「違うよ。なんでお前がそんなことしてんのかが分からないから、気になってたんだよ」

「ああ、たっくんが想像してたのと何か違ったんだね。色々と。でもさ、この世界で見た目どおりなことって、そんなにないと思うよ」

「お前、親とうまくいってないのか？」

「そうかもね。そうじゃないかもね。どう思う？　私ね、お母さんのこと大好きなんだよ。だから、たっくんが羨ましいんだよね。しいちゃんの愛情って無垢で純粋でひたむきで。美しいと思うの」

「無垢とか純粋とか、そんないいもんじゃない」

「たっくんにとってはそうなんだね。それも分かるけど、しいちゃんの愛情は私にはそう見える。こんなにも美しいものをゆがめてしまったのは、たっくんの方でしょう？」

「お前……」

「研究会、生徒会のない日はなるべく来てくれたら嬉しい。なんか脅しちゃったかもね。ゴメンね。それから他に誰かがいるときはちゃんと『南条先輩』って呼ぶから心配しないで」

こんないきさつで、俺は郷土資料研究会に入った。

北山の言う通り、俺と渋谷には唐突な接点があったんだ。


郷土資料研究会に入ってから俺が常に気にしていたのは、渋谷の母親である渋谷先生の存在だった。

渋谷と、渋谷先生の親子関係がどんなものなのか知りたかった。

最初に出会った教師が澤村先生だったせいで、俺には「先生」という職業に対して、安心してしまう傾向が確かにあったかもしれない。

でも、たまに顧問として本館に訪れ、渋谷先生と話をする渋谷の様子は、ホームコメディにでも出てきそうなくらい和やかなものだった。

二人を見れば見るほど、渋谷が援デリをしていたり、しいちゃんにしょっちゅう会いに来たりする理由が見当たらなくてイライラした。

郷土資料研究会自体は意外と楽しめた。それまで部活動に所属したことがなかった俺にとっては、新鮮だった。

椿ヶ丘の本館、城の里ふしぎ博物館、城跡、十楽園、それに東の家の庭まで見学しにいった。ただ、東の家に行ったときは、ふつふつと湧き上がる怒りと嫉妬を隠すのに必死だった。数台の高級車と十楽園を模した池のある庭。まるで料亭のような貫禄のある邸宅。こんな田舎町でも、あるとこにはあるんだっていうこと、そして、こんなにも恵まれているやつがこの世にいるってことを見せつけられた気がした。

「ねえ、たっくんにお願いがあるんだけど」

後日、しいちゃんに会いにうちに来た渋谷のお願いを聞いてしまったのは、東の家を見た時の怒りと嫉妬がまだ冷めやらなかったからかもしれない。

「なんだよ？」

「私の彼氏になったふりをして欲しいの」

「はあ？　なんで？」

「最近、東くんの様子がおかしいの。私の後をつけたり鞄の中を見たりするの」

「え！　東がそんなことを？」

「ちょっと、気持ち悪いからやめさせたいんだけど、はっきり言うのもつらいから。私とたっくんが付き合ってることにしたら、少しは行動を改めてくれると思うんだよね」

「そういうもんなのか？　彼氏ができたら普通は逆上するんじゃないのか？」

「逆上とかはしないと思う。東くんはなんだかんだ言ってボンボンだから、こそこそしたことしかできないはずだよ」

「……彼氏になったふりって何をするんだよ？」

「付き合ってるって公言して、時々一緒にいるところを見せるくらいで十分だと思う。ね、やってくれる？」

「別にいいけど」

「そう。よかった。助かる」

こんな事情で俺は渋谷の彼氏のふりをしていた。確かに最初は東が渋谷につきまとっているかんじがしたけれど、すぐにそれもなくなった。

すぐに彼氏のふりを解消すれば、今こんな困ったことにならなかったはずだ。北山はあんなことを言っていたけど、警察にしてみたら十六年前の殺人鬼が今になって現れたなどとは考えないはずだ。

東が渋谷を殺したのではなかったとしてその疑いが晴れたなら、次に疑われるのは間違いなく、渋谷と付き合っていたことになっている俺だろう。

深く考えもせず渋谷と付き合っているふりをし続けたのは、それが俺にとっても気楽なものだったからだ。

「彼氏彼女ごっこ」は意外と楽しかった。渋谷は変わっているし時々ゾッとさせられることはあるけど、話し相手としてはとても面白い人間だった。

そして、東が地団太踏んで悔しがっているかもしれないと思うととてもいい気分になれた。

東の表情は春先と比べてどんどん険しくやつれていった。

失恋が人格形成にこんなに影響を及ぼすものかと呆れたけど、呆れるべきなのは自分の方だったと後になって思い知ることになった。


充実していた毎日に影を落としていたのは、しいちゃんの存在だった。

「たっくん、かえってくるのおそい！」

「たっくん、おなかすいた」

「たっくん、ねむいよ」

しいちゃんは、どんどん子どもみたいになっていく。どうにかなだめていたけれど、苦痛でたまらない時もあった。

洗濯をして、掃除をして、ご飯を作って。その上さらに特待生の条件を満たすために、人一倍勉強をしなければならない。

そして、なにより大変なのがしいちゃんのご機嫌とりだった。

もしも、またしいちゃんが援デリなんかをはじめてバレたら……。

今まで俺が必死になって積み上げてきたものが、ジェンガのように崩れてしまうのは目に見えていた。


爆弾のタイマーは延長ができても、爆弾が爆弾であることに変わりはなかった。

そして、あるときタイマーが延長できなくなった。

二学期の半ばだった。文化祭の準備でいつもより忙しかった。生徒会の活動が多忙で郷土資料研究会にもあまり顔は出せていなかった。

「南条先輩、ちょっと」

生徒会室で仕事をしていたら渋谷が来た。

「ごめん。今忙しいから後でもいい？」

「後じゃだめかも、ちょっと来て」

他の生徒に断わってから渋谷の後について行った。

「中庭も教室もグラウンドもダメだね。人がいっぱい」

「人気（ひとけ）のないとこじゃないと話せないようなことなのか？」

「うん。そうだ部室なら今は誰もいないかも」

確かに本館なら、文化祭の展示に使わないから人はいないかもしれない。でも、生徒会室から遠いから、素直には頷けなかった。

そんな俺の様子も気にせず、渋谷は歩きはじめた。

「これを、見て欲しいの」

部室に入ると渋谷は自分のスマホの画面を見せてきた。そこにはしいちゃんの写真が載っていた。

「しいちゃんの写真？」

「これ、出会い系のプロフィールから拾った写真なんだけど、しいちゃん、たぶんまた援デリか何かしてるかもしれない」

渋谷が最後まで言い終わらないうちに、俺は走り出していた。怒りで体が煮えたぎる。

息切れしても構わず俺は走り続けた。


「しいちゃん？　どういうことだよ！」

家に帰って、布団でうとうとしていたしいちゃんを揺さぶって問い詰めた。

「たっくん、どうしたの？」

「もう、出会い系とか、援デリはしないって言ってたのに！　また、出会い系してるんだろ？」

しいちゃんは、俺から目を逸らした。

「こんなことして、誰かからお金もらったりしたらダメだって、俺、何度も言ったよね？　まずいんだって。井口さんにバレたり、俺の学校にバレたりしたら。特に学校。学校行けなくなるのほんとに困るんだよ！　しいちゃん、携帯出して」

「やだ」

「出せ！」

「やだ！」

「出せって言ってんだろーが！」

しいちゃんを突き飛ばして、その手から携帯電話を奪った。しいちゃんは、ぐすんぐすんと泣きじゃくっている。

「これ、アカウントどうなってるんだ？　しいちゃん、パスワードは？」

「しい、つくってもらったから、わからない」

「作ってもらったって、誰に？」

「いっちゃダメなんだって」

「言っちゃだめ？　なんだよそれ。誰だか知らないけどそいつには二度と会うな！」

「やだ」

「マジで、困るんだって」

「しいはこまらないよ」

「は？」

「たっくん、こうこうにいってから、なかなかかえってこなくて、しい、さみしい。それにつかれたつかれたばっかり。こうこうなんて、やめちゃえばいいんだよ」

しいちゃんの言葉に一瞬「パン」と理性が弾けそうになった。しいちゃんはなんにも分かってない。だから、こんな酷いことが言えるんだ。だから、どうにかなだめないと。

「やめたくないんだよ。だから、一生懸命がんばったんだ。ねえ、お願いだから、俺の言うこと聞いてくれよ」

「がんばって、だいがくにいくの？　そしたらいえをでていくの？　しいそんなのいやだ。たっくんはしいのかぞくだもん。ずっといっしょにいないとだめ」


頭が真っ白になった。

そして、気づいた時にはしいちゃんに馬乗りになって、その細い首を両手で力いっぱい絞めていた。しいちゃんはほとんど抵抗しなかった。目が驚いたように見開かれていた。しいちゃんがぐったりした時に、初めて自分のしたことに気づいて膝を落とした。体中が震えていた。パニックになりそうだった。本能的に叫んではいけないと分かっていても叫びだしそうになった。小声でしいちゃんの名前を呼んだけれど、もう返事はしてくれなかった。何度も声をかけながら動かなくなったしいちゃんの身体をさすっていたら人の気配がして、サッと振り返る。

「レニーを殺してはいけなかったのに」

背筋がゾッとした。振り返ると何の断りもなく家に入っていたのは渋谷だった。渋谷は俺としいちゃんを見下ろしていた。その表情はおよそ殺人現場に出くわした人間のものではなく、冷静そのものだった。当然だけれどこの時の俺にはそれが異様なことであることに気づく余裕はなかった。

「あ、あ、お、おれ……」

「たっくん。後で聞く。今はとにかくしいちゃんをお風呂に連れて行かないとね。ほら、そっち持って？　お風呂はあっちでしょ？」

自分のしたことに混乱していた俺は、なぜかおとなしく渋谷の言いなりになった。

「とりあえず、作業しやすいように、しいちゃんの服を脱がせないと」

「作業ってなんだよ？」

「たっくんは通報されたい？　母親殺しで捕まりたい？　どちらもノーだよね。だったら、今は私の言うことを聞いた方がいいよ」

渋谷は、俺の返事を待たず、どこからともなく持ってきた裁ちばさみでしいちゃんが着ていた、グレイのスウェットをざくざく音をさせて切った。

「しいちゃんって、やっぱスタイルいいよね。お菓子ばっかり食べてたけど、肌もこんなにすべすべだし」

「やめろよ。そういうこと言うの」

「どうして？　まあ、たっくんが一番よく知ってることだよね。お別れしなくてもいいの？　しいちゃんの身体に」

「し、渋谷、お前！」

「ああ、近親相姦はできても屍姦はキョーミないかんじかな」

やっぱり、こいつは、全てを知っていた。

「お前、いったい、なんで……」

「しいちゃんってね、お客つかない時は打ち子の男とヤッちゃうくらい旺盛だった。時々いるんだよね。セックスが好きな嬢。だから、彼氏ができたわけでもないのに急に辞めるなんて不自然すぎたんだよね。たっくん、大変だったよね。家事して、勉強して、毎晩何度もセックスして。でも同情なんてしない。たっくんがやったことは全部たっくんのためにしたことでしょ？」

「じゃあ、なんで今、お前はしいちゃんの服を切ってるんだよ」

「試してみたいことがあるから。まあ、しいちゃんのことは大好きだったから、とても残念だったけどたっくんに悪いようにはしないよ」

この女はいったいなんなのだろう？　敵なのか味方なのかそんな単純なことすら分からないけれど、敵ではないことを祈ることしかできなかった。

渋谷はしいちゃんを全裸にするとどこかに電話をかけた。俺は冷たい風呂の床に寝かされたしいちゃんにバスタオルをかけた。その時になって初めて涙が出た。

どうしたらよかったんだ……。

こんなことをしたかったわけじゃない。俺は自分だけが幸せになりたかったわけじゃない。しいちゃんを幸せにしたかった。

誰にも馬鹿にされることのない、誰かに守られた女の人にしたかった。俺が守るつもりだった。守りたかった。売春なんて、絶対して欲しくなかった。いつからかなんて分らない。もうずっと前からして欲しくなかった。

しいちゃん……。ママ。お母さん。静香さん……。

「たっくん、もうすぐ作業することになるからお風呂場から離れて？」

「何を……」

「たっくんには絶対できないことを今からはじめるから」

ぼんやりしていると四十代くらいの男女が玄関に入って来た。

二人ともこの部屋にいるのがあまりにも不似合いだった。あつらえたようなスーツやブランドものっぽい服を着ていて、脱いで玄関に揃えた靴もとても高級そうだった。でも、俺と同じように何かにとてもおびえているように見えた。

「たっくん、疲れたよね？　ちょっと向こうに行ってて？」

「え？」

「いいから」

俺は渋谷に言われた通り風呂場から離れた。でも、風呂場の話し声に耳をそばだてていた。

「唯香さま、いったいどうされたんですか？」

「これをバラしてほしいの」

「ヒッ！　あ、ああ。あ」

「園美ちゃんの時より、細かく丁寧にしないとだめよ。分かるよね？」

「唯香さま、でも……」

「裕子さん？　園美ちゃんにできたことが、できないって言うのはおかしいでしょう？　できるよね？」

「……はい……」

風呂場から俺のいた居間に来た渋谷はうずくまるように座っていた俺の側に座った。

「この部屋、あっち側は空室だし、大丈夫。たっくん、あの人たちがしいちゃんを跡形もなく処理してくれるから」

「なんなんだ？　あの人たち」

「秘密のお友だちってとこかな」

「お前のこと、新興宗教の教祖みたいに崇めてた……」

「たっくん、うまいこと言うね。まあ、そんなかんじかもね」

「レニーってなんなんだ？」

「『ハツカネズミと人間』って小説の登場人物だよ。まあ、気にしないで」

「ゆ、唯香さま、お話があります」

「あ、裕子さんが呼んでるから行って来るね」

裕子さんと呼ばれた人が渋谷を呼んでから、しばらくすると渋谷は外出して、何かを買い出しに行った。

渋谷が戻ってくると耳鳴りがするくらい、フードプロセッサーを回すようなモーター音が聞こえた。

一晩中いろんな物音が聞こえて俺はまんじりともしなかった。しいちゃんがどうなったかは想像に難くないだろう。

風呂場から響く音のあまりの恐ろしさに、俺は耳を塞いでいた。それでも、全てが聞こえた。音の中でも一番耳に残ったのが、渋谷がおびえた男女を褒めちぎる声だった。

「やっぱり、できるじゃない。裕子さんも世一さんもよくできました。あとは、園美ちゃんと同じようにしてあげないとね」

「は、はい」

夜更けにその作業が終わると、本当にしいちゃんは跡形もなくなっていた。


渋谷が死んだ日。

あの場にいた他の人間はどうだか知らないけれど、北山と違って俺は渋谷にあそこに呼び出されたわけではない。俺が渋谷をあそこに呼び出していた。

俺は渋谷を一度だけでもいいから問い詰めたかった。

「どうして、俺にしいちゃんを殺させたんだ？」

そう問い詰めたかったんだ。

出会い系サイトのしいちゃんのアカウントを作ったのは渋谷に違いない。

大学に行くとしたら一人で町を離れる。そんなことをしいちゃんが一人で思いつけるはずがない。そういうことをしいちゃんに入れ知恵したのもあいつに違いない。

ささいなきっかけにすぎなかった。それが俺の緊張の糸を切ってしまった。

そして、渋谷は緊張の糸が切れた俺がどうなるのかを観察していたに違いない。

しいちゃんを殺した俺からは、あれほどあった集中力も向上心も魔法が解けたかのように消えてしまっていた。今学期で特待生の待遇は打ち切られるだろう。

東はようやく供述をはじめたという。その供述から東の両親が、娘の死体損壊遺棄の疑いで逮捕された。ワイドショーに映るその顔は渋谷が「裕子さん、世一さん」と呼んだ二人に間違いない。

俺が警察に捕まるのも時間の問題だろう。

北山が知っている秘密は、少なくとも俺のものではなさそうだ。

そして、俺は渋谷を殺したのは、十六年前の殺人鬼なんかじゃなく、渋谷の母親である渋谷先生のような気がしている。

あの二人には、一見しただけでは分からない親子関係があるはずだ。

何かの拍子に、援デリが先生にバレていたんじゃないだろうか。それがきっかけかもしれないし、そうじゃないかもしれない。でもどちらにしたって、渋谷先生の笑顔はいつも目が笑っていない。俺には分かる。俺の母親はいつも心から笑っていたから、笑うとどんな目になるのか俺はよく知っている。幸せそうな笑顔。幸せだった笑顔。もう二度と見ることができない。

渋谷がしいちゃんのことが好きだと言ったことに嘘はないだろう。あり得ない話かもしれないが、もしかして俺が妬ましかったのだろうか？　だから、俺にこんな真似をさせたのだろうか？

色んな話をしたはずなのに、改めて考えると渋谷は自分のことをほとんど話していないことに気づく。

渋谷が死んでしまった今、真実は闇の中で、俺が母親殺しだという事実だけが残った。


――レニーを殺してはいけなかったのに。


渋谷の言う通りだった。俺が見ていた夢はしいちゃんがいたから見れる夢だったんだ。俺は今押し入れの中で母親の喘ぎ声を聞いていた小さかったころと同じように、ごみ溜めみたいになった部屋の中でレトルトカレーのルーを食べている。

自首する勇気もなく警察が来るのを、ただ、待っているだけだった。

4. 西山緋音

Akane Nishiyama

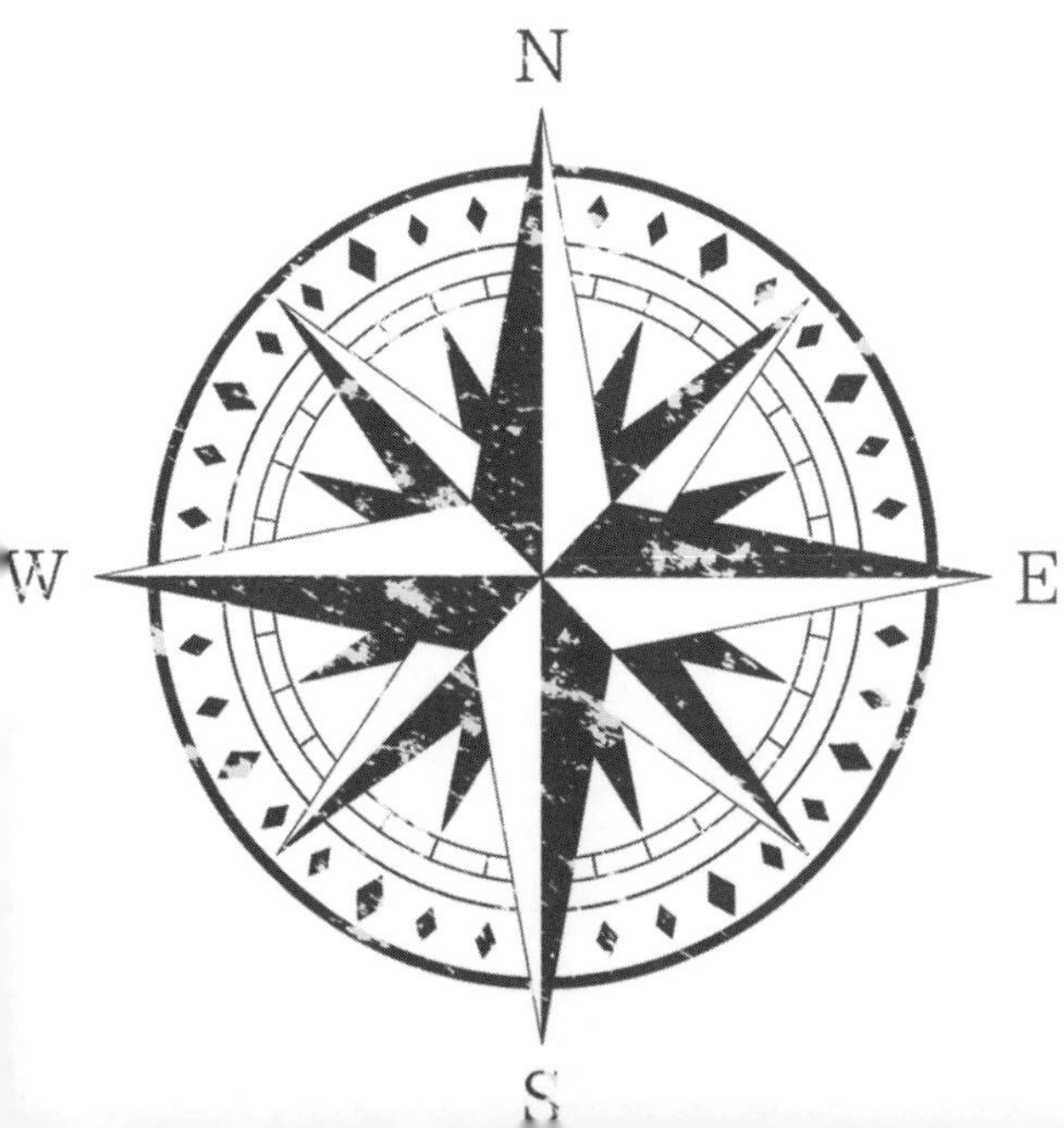

「土地こそは、この世の中でいつまでも存在するただ一つのものだぞ」

——マーガレット・ミッチェル『風と共に去りぬ』

私(あたし)の日課は放課後、学校の近くのコンビニのトイレで昨日つけていたブラジャーを洗うこと。

ブラジャーはやっぱり手洗いが一番。形が崩れないしヒラヒラのレースが傷まない。でも、それとコンビニのトイレで手洗いすることは全然関係ない。

私のスクールバッグには、いつも下着が五セットくらいと洗濯用のすすぎが一回でオッケーなのがセールスポイントの液体洗剤と、洗った下着を脱水するためのスポーツタオルが入っている。

勉強の道具が入る余裕はほとんどないから、それは他のバッグに入れることにしてる。

色々やってみた結果、ママに見つかりにくい方法がこれだった。

色々おかしなことが私の家にはあるけど、私にとって一番困るのが、ママがブラジャーを買ってくれないことだ。その上ママは私のブラジャーを見つけると、ゴキブリでも見つけたような顔をしてから、真っ二つに切って可燃ゴミにしてしまう。

どうしてママが私のブラジャーを目の敵にするのか分からない。でも、ブラジャーは絶対に必要だから、ママの前ではブラジャーなんて一枚も持っていないふりをしてコンビニで洗った下着をクローゼットの中で干す。

毎日だ。毎日、見つかってしまったらどうしようという緊張が私をヘトヘトにさせる。

どうして、ママは自分だってつけているのに、娘の私がブラジャーをつけることを許せないんだろう？

常にある疑問だけど、なんだか怖くて、ママにはずっと聞けずじまいだ。

怖くて聞けないことだけじゃない。小さい時から怖くて言えないことがたくさんあった。

「緋音ちゃんピアノ習いましょうか？」

「緋音ちゃん、塾なんて女の子は行かなくてもいいのよ」

「緋音ちゃんは西山家の跡継ぎなんだから、お婿さんもらわないとね」

「椿ケ丘に行きたい？　うちからだと遠いわ。大学？　ママは短大くらいがいいと思うの」

ママの言うことは絶対だった。

ママは私が赤ちゃんだったころに、私の父親と離婚して女手一つで私を育ててきた。田んぼを近所の西山の本家筋に貸すのとホームセンターのパートで収入を得ている。

親孝行したい気持ちも物心つくころからあったけど、ブラジャーのことと、婿養子のことで、中学生になってからママに対して小さな反発を覚えていた。

「婿養子」になってくれる人じゃないと好きになっちゃいけない。そのことは小学生の時に、もう気づいた。

小四の時の私のお誕生日会。こういう日に、どさくさに紛れて、好きな男の子を招待するのがみんなのお楽しみだ。

ママだって絶対気に入るはずだと思った。小西くんはテストはいつも百点でクラスで一番足が速くて、サラサラした髪で顔だってすごくカッコよかった。私は小西くんが私のことを好きだと知っていたけど、お誕生日会に来ると言ってくれてすごく安心した。

けれど、その当日。ママは、私が手作りした招待状を配ってもいない、本家の男の子を呼んで、その子をやたらちやほや褒め称えた。その子は乱暴でいじわるだったから、みんなに嫌われていたのに……。

それでも、きっとママは優しいから嫌われてるあの子も呼んであげたのかな？　と思っていたから、無邪気に自分のお誕生日会を楽しんだ。

楽しくなくなったのはみんなが帰って、私が小西くんの話をママにした時だった。

「ママ、小西くんってすごいんだよ。クラスで一番賢くて、ピアノも私より上手なの」

「そう……」

ママはその時食器を洗っていて、こちらに顔を向けなかった。聞き流されている気のない返事に私はムキになって、小西くんがどんなにすごいかもっと話した。

そうするとママはガシャンと、シンクの中に叩きつけるようにしてグラスを割った。

「でも、あの子って長男よね？　おまけにひとりっ子。だから、緋音ちゃんとは関係のない子よ」

「え？」

「それにママ、あそこのお母さん苦手よ。あんな派手な人。きっと緋音ちゃんに意地悪をすると思うの。小西くんと仲良くするのはほどほどにした方がいいわ」

ママの言うことが絶対だった私は、ママがこんな風に言ったことで、小西くんに対する気持ちが萎んだ。

ママがああ言うのには、私のためを思って色々考えがあるのだと、あのころは信じていたから。

「緋音ちゃんが、世界で一番好きよ」

と言ってくれる、ママのことを信じたかったから。

思い切って聞いてみたことがある。

「なんで、婿養子なの？」

「婿養子をもらうのが、緋音ちゃんにとって一番いいからよ。そうね、今貸してる田んぼ、できる人がいいと思うの。ママが緋音ちゃんに残してあげられる一番大事なものは土地だもの」

にこやかに、キッパリと言われたけど、それでも頑張ってこう聞いた。

「でも私が好きになった人がお嫁さんに来て欲しいって言ったら、行ってもいいんでしょ？」

「緋音ちゃんにはそんなことできないわよ。この家でママをひとりぼっちにさせて、ママとご先祖様を無縁仏にするなんて」

確かにママが寂しいのは可哀想だと思ったけど、無縁仏はよく分からなかった。

そして、私の意思とは関係なくママが婿養子に狙いを定めていたのが、お誕生日会に私が招待していないのに来ていたあの本家の子だ。

あの子は三男で家は田んぼをやっている。だから将来田んぼをしても不自然じゃない。

そんな分かりやすくて実用的でしかない理由で、ママは私にあの子と結婚してほしいと思っている。

そのことが、少しずつ私を追い詰めていった。


中学生になると、私の胸は急速に膨らんだ。ママにブラジャーを買って欲しいと言ったら、

「まだ、早いわ」

と言われた。何回かねだったけどいつもまだ早いと言われたから仕方なく貯めていたお小遣いで買った。でも初めて買ったブラジャーは洗濯かごに入れるとなくなった。自分のチェストの下着を入れている場所からもなくなった。

「ママ、私のブラジャー知らない？」

「ブラジャーなんて知らないわ」

ママの知らぬ存ぜぬを聞いた後で真っ二つに切られて捨てられていたのを見つけた時、悲しさよりも何か怖いものを見てしまった気持ちの方が強かった。

なんでママが見え透いた嘘を言うのか分からなかったけど、ブラジャーなしで学校に行けば、

またひどい目に遭うかもしれない。問い詰めるべきママの見え透いた嘘よりも、明日着けていくブラジャーがないことの方が私には重要な問題だった。

少なくはないけど、多くもないお小遣いは、しばらくブラジャーに消えた。

ママは洗濯かごに入れても、脱衣所に置いていても、チェストに入れていてもブラジャーを見つけてしまえば捨ててしまう。何度買っても何度も捨てられた。

お小遣いなんてあっという間に底をついた。

それで、とうとう着けていくブラジャーがない日があった。

誰にも気づかれないように制服の下にTシャツを二枚も重ねて着ても、私の胸は揺れる。自分より可愛いというだけで私を目の敵にしているクラスメイトの女子が、目ざとく私の弱みを見つけて、それをアイツに告げ口する。

アイツはニヤニヤしながら、休憩時間に私の方にやってくる。

「西山、お前、ノーブラってマジ？」

そう言うと、さも当然といきなり両手で私の胸を鷲掴みにして、ニタニタといやらしく笑う。

「西山マジでノーブラだった。エロすぎ」

私は泣きながらその場にしゃがみこむ。いつも死にたくなるくらい恥ずかしい。

恥ずかしくて、先生にもママにも言えない。トイレとかに隠れたらアイツに見つかった時に、もっと酷いことをされそうで怖くてできない。誰かがいてもアイツにはこんなことができるのに誰もいない所に逃げるのは自分で作った落とし穴に落ちるのと同じくらい馬鹿げている。

胸なんてなければいいのに。

痛くて、恥ずかしくて、つらいだけなのに。

どうしてママはブラジャーを許してくれないの？

アイツがいなくなってから、仲の良い女子が声をかけてくれる。

仕方がない。みんなアイツが怖いんだ。

頭の中がブラジャーのことでいっぱいな女子中学生なんてこの世に私だけだと思う。

だから、初めて万引きした時、なんの罪悪感も浮かばなかった。

一日でもノーブラじゃない日が増えることにホッとしただけだった。

最初に万引きした場所は、家の近所のスーパーの中にある下着売り場だった。サイズが微妙に違ったけど、ないよりは全然ましだった。万引きも繰り返せば繰り返すほど、上手にはなった。

でも家に置いてあるブラジャーはママに見つかると、根こそぎ捨てられる。

盗っては捨てられ、盗っては捨てられのいたちごっこ。

だから、暇さえあれば私は万引きしていた。それが自分の身を守るための唯一の手段だった。


北山くんが言っていたみたいな唐突な出来事が私にもあった。

その日も、万引きするためにローテーション的にここだなと思っていた、大型商業施設の下着売り場で私は物色していた。

ここではもう数えきれないくらい万引きしていたから、すごくリラックスしていた。

はじめのころは千円しないくらいのブラジャーを万引きするのも結構なイベントだったけど、慣れていくうちにどうせ万引きするなら、可愛いデザインのにしようとか、新作にしようとか思うようになっていった。

いつものように、自分の狙っているデザインやサイズの合ったものを物色していると、突然知らない子に話しかけられた。

「わ！　久しぶり！」

「は？」

「西山さん、転校して私のこと忘れるなんてひどーい！」

「え？」

「あ、忘れたとか言いすぎだった？　ねえ、話したいことあるから、マック行こ？」

「え？」

っていうか、あんた誰？　人違いじゃない？　ってなんとなく言えなかった。言われるままに下の階にあったフードコートについて行ったのは、万引きをしようとしていたやましさも少しだけあったからかもしれない。

足早に歩くその子は私とはまた違う雰囲気で可愛かった。茶色い肩までの髪がサラサラ揺れていた。なんだか私の髪とよく似ていた。今はボブにしているけど私もこれくらい長かった。「アイツ」に髪を触られたことがあって、気持ち悪くて衝動的に切ってからずっと短くしている。その子の髪は清楚な美人さを際立てていた。この町にいたら無駄に目立ってつらいことが起きそうなほど可愛くて綺麗だった。

ああ、無駄に目立ってつらいのは私のことだ。私はあの学校でたぶん一番可愛い。入学当時は上級生も他のクラスの同級生もわざわざ見物に来たくらいだ。でも可愛いなんて、何の役にも立たない。私みたいに「アイツ」みたいな男の餌食にされるだけだ。私が「アイツ」の獲物だというこことが学校で広まると、男子は一人も近寄らなくなった。もちろん男子の誰も「アイツ」を止めたり私を助けたりしない。

記憶がこないだのノーブラの日に差し掛かって肩の方からざわっと寒気が走った。

いつも「アイツ」を思い出しただけでこうなる。シンナーのせいでガタガタの歯、タバコ臭い息、あらい息遣い。嫌らしくにやついた口元。にきびだらけの顔。

自分の彼女だった子を先輩に輪姦させたって噂もある。「アイツ」の兄弟たちも同じような噂がつきまとう。

この世界には女を人間と思っていない男がいる。

そのことに気づいてしまってから、大人になりたくないってつくづく思う。大人になればもっと酷いことや理不尽なことが待ち受けているに違いない。

「あ、西山さん？　何食べる？　久しぶりだから、おごっちゃう」

「あ。えっと、おなかすいてないから、コーラで」

「M？」

「うん」

会計を済ませトレイを持ってスタスタ歩く彼女の背中を追いかけた。

そういえば、こんな風にここのフードコートに来たことはなかった。友だちとならみんなの事情的に、学校の近くのロッテリアにしか行けない。それも時々でしかない。

このフードコートは広くて、綺麗で、内緒話にはもってこいな閑散さがあった。

「ここが、私のお気に入りなんだよね」

そう言って、彼女はテラスに近い広いテーブルに運んだものを置いて座った。

「ごめん。びっくりしたよね？　知らない他校の女子から声かけられたら驚くよね？　逃げ出してくれてもよかったんだけど、ついてきてくれた方がよかったから助かった」

「どういうこと？」

「ここ、何人か、万引きGメンいるの知ってる？」

「え？」

「西山さんの割と近くに、その一人がいて、めっちゃ見てたから、なーんか、狙われてる？　とか思って、勝手に同族意識芽生えちゃってたから、名札見て、こんな風に話しかけちゃったってかんじ。あ、違ったらごめんね？　でも私、コーラおごったから、西山さん、損はしてないハズ！」

「ぷ！」

損はしてないハズ！　のあたりで、私は笑いがこらえきれなくなって笑った。おかしくてたまらなかった。おなかがよじれた。とにかくおかしかった。

私、最後にこんな風に笑ったの、いつだったっけ？　思い出せなかった。

ブラジャーのことばかり考えて笑えなくなっていた。

未来を描いて、婿養子と結婚して不幸を呪う自分をそこに見て、絶望してばかりだった。

笑いたい。でも笑えない。

「え？　西山さん、私、そんな変なこと言った？」

「ううん。ごめん、なんか、色々ツボにハマった。っていうか、笑いダメしたいかんじかも」

「笑いダメとか、初めて聞くフレーズ」

その子も笑った。ほんとに面白かったり楽しかったりしたのかどうかは分からなかったけど、笑ってくれた。

「緋音ちゃん、可愛いからあんなことしちゃうのかな。酷いよね」って言う、クラスの友だちよりよっぽど私の慰めになった。

ひとしきり笑って涙まで出てきた。その涙を指で拭ってつい唐突にこう言った。

「私ね、ブラジャーがないと困るの。生きていけないの。死んだ方がいいの。でも死ねないの。ブラジャーがないと死にたくなるの」

「ぷ！」

持っていたポテトを置いて彼女は笑った。しまったと一瞬思った。久しぶりに大笑いをして、ブラジャーに対する思いを赤裸々に打ち明けてしまったから。

「ブラジャーを集めるのが好きとか、フェチ的なそういうのとかじゃないの」

「そうなんだ。でもブラジャーだけじゃないでしょ？　万引きしてるのは」

「ブラジャーだけだよ」

「なんで？」

気づけば私は、自分のことをそっくりこの子に話していた。

「お母さんが、ブラジャーをね……ねえ、西山さんのお母さんって、西山さんに似てる？」

「似てないかな」

「どんなかんじのタイプ？」

「普通のおばさんだよ」

私とママはあまり似ていない。ママは奥二重で目も小さい。髪も黒くてかたくてちぢれている。それに、ちょっと……。ううん。かなり太っている。

「緋音ちゃんを産んだから、太ったのよ」

とママが言うと、いつも苦笑いするしかない。最近また一段とママは太った。

座っている背中が着ぐるみみたいに丸くて、ゾッとすることがある。

私はくっきりとした二重で黒目が大きい。髪も茶色くて柔らかいし、まあまだ中学生だからかもしれないけど痩せてる方だと思う。だから、ママに似ているところと言ったら耳の形とか一見したただけじゃあ分からないところだ。

「なんで、そんなこと聞くの？」

「似てるんだったら、西山さんと自分を重ねて見てて、自分がブラジャーつけはじめた時の年齢にこだわってるのかなって考えたんだけど違うみたいだね。だったら、西山さんにずっと子どもでいて欲しい願望があるとかなのかな？」

「それはないと思う。私に婿養子もらって、子ども産んで欲しいっていうのがママの希望みたいだから。子どもじゃ子ども産めないもん」

「婿養子？　なんか大変だね。ねえ、西山さんは万引きがしたいってかんじじゃなくて、ブラジャーが手に入りさえすればいいんでしょ？　だったらバイトしない？」

「バイト？　中学生じゃ無理じゃない？」

「バイトって言うほどでもないかな。メールとかするだけだから、時間のある時にやってくれるだけでいいんだけど。内職ってかんじが近いかも」

「簡単？」

「超絶簡単。やる？」

私はこくんと頷いた。万引きしないですむならきっとずっとその方がいいから。

「じゃあさ、とりあえず連絡先教えてくれる？」

「うん」

私たちはスマホを取り出した。その時になって「あ！」と思った。

「ねえ、名前教えて」

「あ。そっか。私、渋谷唯香」

これが、私と唯香の出会いだった。

万引きをあのまま続けていたら、いつかは捕まっていたかもしれない。捕まっていたら、椿ヶ丘にも入学できなかったかもしれない。そう思うとゾッとする。

椿ヶ丘に入れば、少なくとも「アイツ」はいないし「アイツ」みたいな生徒もいないはずだ。

中三になって、塾に入りたいと言ったらママは反対した。

「緋音ちゃんの成績なら、東高なら余裕があるでしょう？」

「ママ。私は椿ヶ丘に行きたいの」

「ママは塾に行ってまで椿ヶ丘に行かなくていいと思うの。それに塾の月謝、うちの家計からは難しいかな」

お金がないと言われたら子どもは引き下がるしかない。でもお金だけが理由でないと確信していた。他の子のママは受験に協力的なのに。この時期私は怒りで自分の体が膨らんでいるような気がした。

もう中三なのにママはあいかわらず、私のブラジャーを見つけたら捨ててしまう。唯香のおかげで、いくらでもブラジャーは買えたけどストレスは減らなかった。

唯香はあの日からずっと私の秘密の友だちだった。私の一番暗い部分を全部知っている上、重くもなく、軽くもなく、ほどよく受け止めてくれる大切な友だちになっていた。

「私も椿ヶ丘に行くつもり」

唯香がそう言ったから、ますますやる気を出していた。なのに、ママは私が勉強をしようとすると、邪魔をする。

「緋音ちゃん、回覧板まわしてきて」

「緋音ちゃん大変。おしょうゆ切らしちゃったから、買ってきて」

「緋音ちゃん、本家にお中元持っていきましょう」

緋音ちゃん、緋音ちゃん、緋音ちゃん……。

気が狂いそうだった。そんな私を見て、唯香はこんなことを言ってくれた。

「独り暮らしの友だちがいるから、夏休みそこで二人で勉強しない？」

「中学生なのに、独り暮らししてるの？」

「中学生じゃないよ。社会人。昼間は働いてるからいないし。ね、そうしたら？」

「うん……」

独り暮らしの社会人は唯香の彼氏なのかなと思っていたから、連れて行かれたワンルームから出てきたのが女の人で驚いた。

「唯香ちゃん、いらっしゃい。この子が緋音ちゃん？」

「そう。緋音、この人は園美さん」

「はじめまして。あの、ご迷惑じゃないですか？」

「全然。大変よね、受験生って、私は全然構わないの」

通された部屋はいかにも独り暮らしってかんじのシンプルなワンルームだった。その部屋にあった小さなパソコンデスクを唯香が使い、コーヒーテーブルを私が使わせてもらうことになった。

「私はもう仕事行くから、好きに使ってね」

「ありがとうございます」

「ありがと、園美さん」

「二人とも、なんだか姉妹みたい。仲良しのお友だち同士って雰囲気が似るのかしら？」

園美さんはふふふと笑ってから、出かけて行った。

「勉強しよっか」

「うん」

黙々と教科書や、参考書、問題集をめくった。時々分からないところは、唯香が教えてくれた。一緒に勉強していて、唯香はかなり頭が良くて椿ケ丘の合格ラインは軽く超えていそうなことが分かった。

「そろそろ、お昼にしよっか」

「うん。どうする？　コンビニ行く？」

「園美さん、冷蔵庫のもの使っていいって言ってたから、なんか作るよ。苦手なものある？」

「え？　唯香って料理できる人？」

「私のお母さん、家事を何もしない人だから自分のことは自分でしてる。うちも母子家庭だから」

「え？　そうなの？　初耳」

「父親はね、恥ずかしい話なんだけど、私が小六の時に蒸発しちゃったの。たぶん、女の人が一緒だったんだと思う」

「へえ。そうなんだ」

「緋音の家は離婚してるんだよね？　お父さんに会ってるの？」

「私、一度も会ったことないんだ」

「会ってみたいとは思う？」

「いつもじゃないけど、時々はそう思うかな」

ママがうっとりと婿養子の話をする時とか、勉強の邪魔をする時とか、ブラジャーが根こそぎ狩られてしまった時とかに、父親がいたら何か違っていたかもと思わないこともない。父親が今もいたら、私に弟がいた可能性だってあったかもしれない。そうすれば婿養子なんていらないはずだ。

なんで離婚したのか、何度かママに聞いてみたけど、詳しく教えてもらえたことは一度もない。

「ねえ、せっかく夏休みなんだし、勉強ばっかじゃつまんないから、緋音のお父さん探してみない？」

「でも……」

「緋音のお父さんなら、かっこよさそう。ね、探してみようよ」

「うん」

　唯香が作ってくれたのはオムライスだった。食べながら、少しだけママに罪悪感を覚えた。私は料理なんて、家で一度も作ったことがない。ママが作ってくれたものを食べているだけだ。ママに反発する資格なんて私には本当はないのかもしれない。

「緋音、どうしたの？」

「ううん。なんでもない」

　私も料理をしてみよう。その日はそう思いついて、足取り軽く自転車をこいで家に帰った。

　勉強も沢山したけれど、唯香のおかげで夏休みは今までで一番楽しかった。

　平日のほとんどを園美さんの部屋で勉強して、園美さんが休みの日は三人で出かけたりもした。

　土日は家にいたけど、前よりママにイライラしなくなった。でも、私が調子いいと反比例するみたいにママの方はイライラしていた。

　そして、ママはお盆の前に爆発した。

「緋音ちゃん、毎日どこに行ってるの？」

「図書館とか友だちの家だよ。みんなで勉強すると捗(はかど)るから」

「嘘ついてるでしょう？　これを見なさい」

　ママが突き出したのは自分のスマホで、画面に表示されているのは地図アプリだった。

「ママ、これ⁉」

「こんな、校区外の住所にどうして毎日のように行くの？」

地図の中央に位置していたのは、園美さんのアパートだった。

「え？　なんで、これ？」

「緋音ちゃんのスマホのＧＰＳが教えてくれたのよ。ここに住んでいるのは誰？」

「ママ、最低だよっ」

「そんなこと聞いてないわ。ここには誰が住んでるの？」

「言わない！」

「別に男の人だったとしてもいいのよ？　婿養子になれる人なら」

「ママ、本当に最低。私のこと心配してるわけじゃないんだね。婿養子になれる人だったらいいなんてありえないよ。普通の親ならもっとちゃんと心配するよ」

「緋音ちゃんの幸せを思って言ってるのよ？」

「私、そんな幸せいらないよ。ママはこの土地でこの家で、ちっとも幸せそうじゃないのに、なんでそんなことが言えるの？」

「ママは、幸せよ。ここで一生緋音ちゃんと一緒にいられたら」

「ママが幸せでも、私が全然幸せじゃない！」

「心配しなくても大丈夫。絶対に幸せになれるわ。緋音ちゃんの名前はね、スカーレット・オハラから取ったのよ。緋音ちゃんの『緋』はね、スカーレットの緋なのよ。スカーレットも最後はタラに帰るの」

ママの愛読書は『風と共に去りぬ』だ。私は一度も読んだことはないけど、主人公の名前がスカーレット・オハラだということくらいは知っていた。

自分の名前の由来をこの時初めて知った。

こんな呪いがかけられていたとは思いもしなかった。

うっとりとした顔で遠くを見るママ。

どこもかしこも、脂肪を蓄えてまるまるとした身体。

頭頂部に沢山混じっている白髪。

離婚してから、恋人がいたことなんか多分ない。

あまりにも惨めなママ。ママが惨めなことを認めたくなかった私。

ママは私さえいれば幸せ。そんなのは嘘だ。

ママには、私しか、いないんだ。

ママの夢も、希望も、娯楽も、全部私なんだ。

「ねえ、緋音ちゃん、本当のことを言って？　男の人でしょ？」

男の人じゃないと本当のことを言う気力もなくて、私は黙って自分の部屋に閉じこもった。

・

椿ケ丘に入学できたのは、唯香のおかげだと言ってもいい。夏休みが終わってからも、週末や連休は園美さんの所で勉強できた。

突然園美さんの部屋に行けなくなった時は焦ったけど、場所をフードコートや、図書館なんかに移してそれまで通り勉強した。園美さんの部屋に行きづらくなった事情を唯香はこう説明してくれた。

「園美さん、彼氏ができちゃって、彼氏が園美さんの部屋に入り浸りだから、ゴメンねって謝ってた」

「園美さんに、彼氏が!? えー。なんか意外」

「そう?」

「違うみたいだから言えるけど、園美さんって、唯香のことが好きなんだと思ってた」

「ふふっ。そうなんだ」

「私の勘、ハズレちゃったみたいだね。そっか。違うんだ」

「それより、お父さんに会う日、いつにするの?」

「入学式が終わってからにしようと思って」

「椿ケ丘の制服姿、見せたいんだね」

「それもあるかな」

合格発表の後に、唯香とフードコートでこんな風に祝った。

ママのことを考えると、この先の進学とかが思い通りに行かないのは目に見えてるけど、三年間の高校生活は楽しみたかった。

つい話し込んで、帰りが遅くなったのがいけなかったんだろうか？

この時の幸せは、本当に長続きしなかった。

唯香と別れて、自転車をこいでいた。はしゃぎ過ぎた。もう少し早く出ればよかった。六時でももうかなり暗くて、家までまっすぐ延びている農道が、いつもより不気味で長く感じた。

力いっぱいこいでいたら、フルスピードだった自転車が何かに躓（つま）ずいた。

「あ！」

と思った瞬間に、私の身体は自転車ごと農道を外れて、この時期は寒々としている田んぼに落ちた。

「痛い……」

そう思う暇もなく、「何か」が私の上にのしかかってきた。思わず、その「何か」のどこかを引っ掻いたら、間髪入れずに殴られた。田んぼに落ちたよりももっと痛くてのたうちまわった。そんな私にお構いなしに、それはのしかかってきた。

あちこち触られて何かが引きちぎられる音がして、味わったこともない恐怖に、気が狂いそうになる。

もがいて、叩いて、もがいて。そうする間にも「何か」がしたいことは確実に進んでいく。

もうだめだ――と思った瞬間に、鼻にツンとよく知っている臭いがした。

「アイツ」の臭い。

暗くて顔も分からないのに「何か」が「誰」なのかが分かってしまった。二重に屈辱だった。

「光信くん？　ねえ？　そうなんでしょ？　お願いだからやめて」

「何か」の動きが一瞬止まった。

「なんで、分かった？　こんなに暗くて、顔もよく分からないのに」

「なんとなく。ねえ、お願いだから、こんなことしないで、こんなの洒落（しゃれ）になんない」

「うるせー。元はと言えばお前が悪いんだ。椿ケ丘なんか受験して。俺のこと馬鹿にしてるんだろ？」

　言ってる意味が分からない。もしかしたらラリっているのかもしれない。

「馬鹿になんかしてない」

「してるだろうが。お前なんか、おとなしくやられてりゃいいんだよ」

　光信の母親——本家のおばさんが笑っているのを、私は見たことがない。夜、本家を通るとおばさんの悲鳴が聞こえてくることがあるらしい。おじさんはいつもニヤニヤしていて、気味が悪かった。誰にだって何か事情があることくらいは分かる。でも、その事情の犠牲に、私がならなきゃいけない義務はないはずだ。

　ママが婿養子の話を、本家の三男の話をするたびに私の背筋が寒くなったのは、将来自分が本家のおばさんみたいに、生きながら死んでいるような大人になってしまう予感のせいなのかもしれない。

　ママ。

あなたが婿養子の第一候補にあげている男は、あなたのせいでノーブラになった私の胸を鷲掴みにして、私の自尊心を粉々にするような男なんだよ。

私のこと人間だと思ってないよ。ううん、彼自身たぶん自分のことを人間だと思っていない。

むき出しになった胸や太ももに、冷たい空気が触れた。

それからすぐに発狂しそうな痛みと恐怖が訪れた。

入学式で壇上に立つ唯香は綺麗でカッコよかった。私は合格発表の日から、高熱を出して、中学の卒業式には出られなかった。でも入学式にはどうしても出たくて、なんとか来ることができた。

椿ケ丘の校門の両脇に咲く桜の花びらは、新入生を祝うかのように、優しく散っていった。

唯香とクラスが離れたのは残念だったけど、メールで呼び出すと、唯香はすぐに来てくれた。

「今日、お父さんに会いに行こうと思うんだ」

「そう」

お父さんのことを探したい気持ちは合格発表の日から強くなった。どうやったら探せるか分からなかったけど、ひとまず名前をネットで検索したら実名を登録するＳＮＳに引っかかった。住所が市内だったし、年齢もママより少し上だから間違いないと思ってダイレクトメールを送ったら本人だと返事が来た。テレビの尋ね人の番組なんてものすごく見つけるのが大変そうだったからこんなに簡単に見つかって、かなり拍子抜けした。

「それとね。私、もっとお金欲しい」

「緋音、それって……」

「うん。私もやる」

「……分かった。緋音だったら沢山稼げると思うよ」

あの日から、親孝行したいという気持ちはどこかに吹き飛んだ。あの家にいたくない。卒業したら逃げ出せる準備をしたかった。

ママには悪いけど、「アイツ」か「アイツみたいな男」と結婚して、自分を踏みにじられるのは我慢ができない。

「送迎って、してもらえる？」

「たぶん大丈夫。ね、お父さんとどこで会うの？」

「仕事が終わったら、駅の商店街のシャトーって喫茶店に来てくれるって」

「一緒に行こっか？」

最初は断ろうと思ったけど、お父さんに会うと思うとすごく緊張して落ち着かなかったから、結局唯香について来てもらうことにした。

シャトーは古い喫茶店で煙草の臭いがした。

新聞や一昔前のマンガ本が本棚に並んでいて、私と唯香が入ると、焦げ茶色のエプロンに三角巾をつけたおばちゃんが、一瞬驚いたような顔をしてから、低い声で「いらっしゃい」と言った。

特に案内もされず、空いていたテーブル席の奥側に唯香と二人並んで座った。

私たちにとってはとても居心地がいいとは言えないその喫茶店に、お父さんらしき人は、約束通りの時間に来た。

「こんにちは、緋音ちゃんはどっちかな？」

「私です」

お父さんは背が低くて髪が薄かった。それでも自分に似たところはないか、探そうとしたけど、なかなか見つからなかった。お父さんは、少し困った顔をした。

「君が僕を探してくれたということは、君のママは何も話していないんだね」

「ママはお父さんのこと、何も教えてくれなかったから……」

「そうじゃなくてね、僕は君のママと結婚していたことはあったけど、君のお父さんではないんだ」

「え！」

「やっぱり、知らないのか。僕にも分からないんだ。君のママに最後に会ったのは、別居してしばらくして、離婚の手続きをする時だった。その時大きなおなかをしていて僕はとても混乱したんだよ」

「そんな……じゃあ……」

「申し訳ないけど、僕は君の父親には全く心当たりがないんだ」

お父さんだと思っていた人は、ママとの結婚生活と、それが破綻するまでを簡単に説明してくれた。結婚して三年経っても子どもができないことを、あろうことかママは、夫であるこの人を責めたらしい。

「毎日のように、子ども、子ども、子ども。もう疲れてしまってね」

いいなあと思った。この人はママとは他人だから、離婚することができた。


シャトーを出ると、唯香は私の肩を叩いた。

「まっずいコーヒーだったね。緋音」

「うん……」

「元気出しなよ。お父さんがあんな冴えないおじさんじゃなくてよかったでしょ？」

「でも、優しそうだった。それに、これで本当のお父さんを探そうと思ったら、ママに聞くしか方法がなくなっちゃった。ママに聞いても、きっと本当のことは話してくれないと思うし」

「ごめんね。私、お父さん探してみようなんて言わなきゃよかった」

「ううん。がっかりしたけど、本当のことが分かってすっきりした。ね、それより、いつからでもいいから稼ぎたい」

「分かった」

「楽しむ」とは程遠い高校生活のはじまりだった。

唯香がそれまで私にくれていた仕事は援デリの宣伝と、メールがいいタイミングで返せない女の子の代返だった。子持ちのシングルマザーで、知的障碍がある三十歳くらいの人とか、とにかく日中以外に携帯が鳴るのが困る若い主婦とか、客の相手はその時だけで勘弁っていう中高生の代わりに適当にメールを返す。

「新規も大事だけど、リピーターはもっと大事なんだ。やばいかやばくないかはっきりしてるから」

ビョーキ持ちとか、暴力ふるうやつとか、変な性癖とか。お金を払うどころか、盗んでいくやつとか。そういうのは誰だって避けたいから、安全なリピーターが優先と唯香が言っていた。

そういうもんかなと思いながら、ギラギラしてる男たちにメールを送ったり、ローカルなサイトや、掲示板とかに書き込みをしたりしていた。

自分が働くことになるなんて、夢にも思わなかったけど、「アイツ」にレイプされた日、高熱を出しながら必死に考えた。一生あんな男にレイプされて、殴られる人生より、自分をお金にして、自由になる方がずっとましだって。

ママのことは椿ヶ丘を卒業したら一回捨てる。三年間で稼げるだけ稼いで、この町を離れる。

ママには大人になって自立してから会いに行けばいいと思う。

とにかく、この計画を進めるためにはお金がないと無理だ。


最初に客をとった日は、後で泣いたけど、数をこなしていくうちに、男が¥マークに見えるようになってきて、それからはかなり楽になった。

セックスなんて痛いだけだと唯香に言ったら、唯香は麻酔クリームをくれて、それからもっと楽になった。


放課後と、週末の全部を使って稼ぐだけ稼ごうとしている時だった。唯香が「郷土資料研究会」なんて言いはじめたのは。

「私、部活してる時間ももったいないんだけど」

「緋音は、在籍してくれるだけでいいよ。同好会をするのに人数が足りないから、お願い」

「うーん。まあ、普通の高校生っぽくていいっか」

「でしょ？　青春ってかんじ？　それに、緋音の婿養子候補も何人か入れる」

「何それ。やめてよ」

「本家の三男は嫌なんでしょ？　だったら、ここで探すのもいいんじゃない？」

「唯香、あのね……」

私は唯香に、あの日起きたことを話した。そして、婿養子なんてもらう気がないことも、卒業したらあの家からも、この町からも離れるつもりだということも。

「そうなんだ。ごめんね、言いたくなかったよね。私が婿養子なんて言うから、言わせちゃったんだよね？　本当にゴメン」

「ううん。唯香にはいつか聞いてもらいたいって思ってたんだ」

唯香は一瞬何か考えてから、恐る恐るこう言った。

「でも……本家の三男、どうして緋音が帰ってくる時間、知ってたんだろうね？」

「え？」

「そうだとしか思えないんだけど。何時間も待ち伏せするタイプには思えないし」

そんなことは考えてみたことがなかった。

どうして「アイツ」があの日あの時間にあの場所にいたのか。


郷土資料研究会のメンバーは、共通点のない理由で目立っている人ばかりだった。

お母さんを殺された北山くん。

お金持ちの東くん。

成績優秀な南条先輩。

それに、唯香と私。

北山くんは「なにかテーマと共通点」と言っていたけど、共通点だけなら東くんを除いたみんなにはあった。

それは、東くん以外がみんな母子家庭だということ。

そして、妙に居心地が良かった。人数合わせだった北山くんと同じように、私もあんなことを言ってたわりに、よく顔を出していた。

確かに、みんなどんな繋がりがあって、唯香に勧誘されたのかは分からなかったけど、私以外はみんな男子だったから、単純に唯香が可愛いから誘われてついいい顔をしたってとこだろうなって思っていた。

地味な活動内容だったけど郷土資料研究会で過ごしたあの時間。私は自分の客の臭いを思い出さなかった。スクールバッグに入っているブラジャーのことも、ママのことさえも。

唯香が南条先輩と付き合いはじめて、メンバー内のバランスが崩れたりするのかな？　と思ったけどそんなこともなく、郷土資料研究会は私の息抜きの場になった。

お金も少しずつ溜まっていって、計画通りに進んでいると思っていた。卒業と同時に自由になるためには、あといくら必要かを数えるのが楽しくて仕方なかった。

夏休みに入った頃だった。待機所になっていたぼろアパートに、あの女が入りはじめてから私の本数が明らかに減った。

いくつだか分からないけど、子持ちのシングルマザー。

メイクが下手でいつも唯香が直してあげていた。

「すごいねえ、カオリンは。しいがやるとあんなになっちゃうのに」

「カオリン」は唯香のここで使ってる名前。いわゆる源氏名だ。唯香の「唯」の字を取って「香」から「カオリン」にしたと言っていた。ちなみに私はここでは「ビビ」と呼ばれている。急にどうするか聞かれてやけくそでスカーレット・オハラを演じた女優の名前の上の部分を借りた。

「しいちゃんは、もとがいいから、ちょっとだけでいいんだよ。紫とかブルーとか、あんなに沢山瞼（まぶた）に塗ったらだめ」

「そっかあ」

こんな会話になぜかイライラした。自分が指名されず、あの女が指名されて待機所から出て行くともっとイライラした。

「唯香はなんで、あのおばさんに優しいの？」

「おばさんって、しいちゃんのこと？　しいちゃん可愛いし、優しいし、嘘つかないから好きなんだよね。事情があって、しばらくやめてたんだけど復帰してくれて嬉しいんだ。しいちゃんは前も、ナンバーワンだったんだよ」

「前もって、今もってこと？」

「たぶん、そうなると思う。でも、しいちゃんの真似は緋音には無理だから、気にしないほうがいいよ」

唯香に無理って言われてムカついた。なんでこんな頭の悪いおばさんに、ＪＫの私が負けているのかさっぱり分からなかった。

「ごめん。言い方が悪かったかな。しいちゃんはNGなことがないの。なんでもやっちゃう。まあ、しいちゃんがナンバーワンなのはそれだけが理由じゃないけどね」

「ふうん」

NGなしにするなんて確かに私には無理だ。唯香は間違ってない。

でも、私はそれからもずっとしいちゃんにイライラさせられた。

だらしなく、ボロボロお菓子を食べこぼしながら話す姿が私の嫌悪感をあおった。

「たっくんはね、しいより、ずっとかしこいんだよ」

時々漏らす息子自慢にげんなりさせられた。子どもが大きくなってから、母親が何をしているか知った時どう思うか？　なんて心配をこの女がしているはずもなかった。聞けば聞くほど、たっくんに同情した。まともに育てられない親なんて酷すぎる。

そう思うと、ママから逃げ出そうとしている自分が酷いことをしている気分になって、ますますしいちゃんのことが嫌いになった。

そして、特にたっくんが賢いネタにはうんざりしていた。だからある時こう言った。

「じゃあ、たっくんって大学に行くの？」

「うん。たっくん、だいがくにいきたいっていってた。たっくんならいけるんだって」

こんな嘘までつくのかと呆れた。だいたいしいちゃんの子どもなんてきっとまだ小学生かせいぜい中学生だろう。自分より賢いくらいで自慢するしいちゃんが滑稽すぎた。

「大学行くんだったらたっくんは遠くに行って、しいちゃんのこと忘れちゃうかもね」

「たっくんが、とおく？」

「だって、この町には大学なんてないから、そうするしかないじゃない」

「ビビ、ひどい！　たっくんはそんなことしないよ」

「たっくんは、そうしたくてそんなことするよ。誰だって、いつかは親と離れるもんでしょ」

「いや!!」

小さな子どもをいじめているような気まずさを噛み締めても、この時はしいちゃんを責めたかった。本当は私がママに言いたかったことにすぎなかった。しいちゃんに八つ当たりをしたんだ。

気まずいまま、この日を限りに私がしいちゃんを見ることはなくなった。

援デリをやめたのか、私を徹底的に避けたのかは分からないけど、とにかく、しいちゃんには二度と会うことはなかった。


唯香が死んだあの日。

私は怒っている唯香に許しを請いに行くはずだった。最後に話した電話の内容は本当はこうだった。

「お願いだから、返してよ！　あの英和辞典の中身を知ってるの唯香だけだよ。どうして隠したの？」

「どうしてかも分からないの？　私、緋音にがっかりしたんだよ？　緋音、しいちゃんの財布からお金抜いてたでしょ？　しいちゃんが辞めたのそのせいじゃない？　ねえ、緋音、しいちゃんがウリを楽しんでたからって、体張ってるのは同じなんだよ？」

「そんな……お金抜くなんて、そんなこと私してないよ」

嘘だ。本当は隙さえあれば、しいちゃんのどぎついピンクの財布から抜いた。足し算もまともにできそうになかったしいちゃん。一度試しに抜いてみたら、騒ぎにもならなかった。

あの女、唯香にだけは話したのか。私が目の敵にしているのは馬鹿なりに分かってたってことか。

「緋音は気づいてないかもしれないけど、あの部屋、防犯カメラちゃんとついてるんだよ？　ねえ、もう嘘つかないで」

「……。お金、しいちゃんに返すから。お願い。どこに隠したの？」

中身がくりぬいてある英和辞典。あれが私の携帯貯金箱だった。

財布には入りきらない、銀行に預けられないお金を貯めこむのに選んだのがあれだった。

「私が持ってる。しいちゃんにお金を返すなら返してあげる」

唯香はそう言って、あの殺人現場に私を呼び出した。

東くんがいなければ、英和辞典を取り戻せたかもしれないのに一足遅かった。

でも唯香の死体の近くにそれらしいものはなかった。

最初はあの場にいた誰かが持ち去ったことを疑っていたけど、英和辞典はとんでもない場所から見つかった。

唯香のお葬式から帰ってきた時だった。

「ただいま。ママ？　あれ？　いないの？」

本家で何かがある日だったのかもしれない。ママの不在を確認してから自分の部屋に入ると、ありがちな異変に気づいた。

隠しておいたはずのスクールバッグがベッドの上にあって、ファスナーを開けなくても分かった。きっと中身は空っぽだ。

やられた。

フラフラしながら、まだ無事なブラジャーがないか探すためにママの部屋に行った。

パッと見たところなさそうだったけど、一応観音開きの洋服箪笥（だんす）を開けてみることにした。

ママの箪笥は小さい時から苦手だった。今時防虫剤なんて臭いのしないものが沢山あるはずなのに、ママの箪笥は昔から樟脳（しょうのう）の臭いがして、それが嫌いだった。開けた途端久しぶりに嗅いだ樟脳の臭いに思わず顔をしかめる。クリーニングのビニール袋がかけられたままの衣類をかき分けると奥にある箱が妙に気になった。

ミカン箱よりは小さいその箱はずっしりと重かった。床に置いてふたを開けてみると、箱の一番上に私が探していた、英和辞典があった。

あまりにも驚いて一瞬よく分からなかったけど、箱から引き出すとくりぬいた中に現金が入っていたから、間違いなく私の英和辞典だ。

唯香じゃなくて、ママだった？

英和辞典の下には、ノートがぎっしり詰まっていた。一冊取り出して、中身を確認して、もう一冊と繰り返しているうちに、寒気と吐き気が止まらなくなった。

これは、ママが、もう高校生になる私のことを書いている育児日記……。ううん。観察日記だ。ただの日記だったらまだましだった。

これには私の生理予定日と、実際生理が来た日。

それに、排卵予定日までが書き込まれていた。

ママはトイレの汚物入れを、毎日チェックしていたのだろうか？

そして、最近の日記は私がウリをやっているのを明らかに知っている記述があった。

〈緋音ちゃんは優しいから、お友だちに誘われて断れないんだと思う。道を踏み外しても、最後にはママの言っていることきっと分かってくれると思う〉

〈欲しいものがあるんだったら、ママに相談してくれればいいのに〉

〈緋音ちゃんは、セックス依存症なのかもしれない〉

見当はずれなことばかり書かれている。何度も欲しいといったブラジャーのことが記憶にないとでも言うのだろうか？　なんだか気持ちが悪い。それにウリのことを知ってたなら、なんで止めないんだろう？　読み進めるとその答えも書いてあった。

〈万一、妊娠したら、学校をやめて育児に専念するように説得できる〉


力が完全に抜ける中、唯香が言っていた言葉がふっと頭に浮かんだ。

——でも……本家の三男、どうして緋音が帰ってくる時間、知ってたんだろうね？

私は、自分を狂わせた「あの日」の日記を広げた。

〈やっと‼　これで、緋音ちゃんも運命だと実感できるはず！〉

たった一行そう書かれていた。その日は、私の排卵予定日だったと、日付の横に「排卵」と花丸で囲ってあるのを見て初めて知った。憎しみだか怒りだか分からない感情が、水に入れたドライアイスの煙みたいに吹き出して溜まっていった。

ママは知っていたのか。本家の三男がどんなに卑劣で凶暴なのかを。

知ったうえで、私をこの家につなぐ鎖の役割をあの男にさせようとしたの？

あの時、万一妊娠していたら、何が待ち受けていただろう？

恐ろしさに今度は震えた。

私はそっとママの観察日記と自分の英和辞典を箱の中にしまうと、樟脳臭い箪笥の中にしまった。

ママのことが本当に、憎い。初めてそう思った。

ネットの通販で買った大きな冷凍庫が届いてから、寝ているママにナイフを突き立てた時、もっと早くこうするべきだったと思った。

私は自分の今までの痛みを返すかのように、ママが動かなくなっても何度も何度もナイフで刺した。

通販で買った棺に電源を入れ、試行錯誤の末どうにかママの身体を全部入れた時、私は皮肉にもこれでママの望みが叶ってしまったと笑ってしまった。

この棺を隠し続けるために、私はこの家にいなければならないし、この棺が見つかったとしても、私の帰る場所はここしかなかった。

北山くんに唯香の手帳のことで話がしたいと呼び出された時に、本館に行った理由。

手帳=顧客台帳である可能性を疑ったからだ。唯香は嬢兼打ち子だった。私を含む嬢全員から搾取していたということだ。

唯香が死んでしまったのなら、他の誰からも搾取されたくなかったから、唯香の手帳は私には役に立つと思った。

もしも北山くんが知っているのが私の秘密だとしたら……。ウリのことだけだと思うけど、それが北山くんの知ってる秘密だとは思わない。

先週から、この町はテレビ取材のヘリコプターが飛びまくってる。

東くんの家の庭から、沢山の人骨が発見されたからだ。

南条先輩も母親殺しの疑いで捕まった。

でも、みんな唯香を殺していないって言ってるらしい。

じゃあ？　誰が？

私は十六年前の殺人鬼の可能性なんて考えていない。

でも、北山くんが言う通り、郷土資料研究会が、唯香のヴンダーカンマーなのだとしたら……。

もしかしたら、唯香は人殺しを集めていたんじゃないだろうか？


ママの部屋にある白い棺を、私は毎日開けてみる。

コチコチに凍ったママを見て、毎日安心する。

ママから、私の父親が誰なのか最後まで聞くことはできなかった。

父親探しをしたのは唯香が言い出したのがきっかけだ。ひょっとしたら、唯香は私の父親が別人だと知っていたんじゃないだろうか？

私にそのことを分からせたかったんじゃないかな？

そして、もしかしたら、私の父親は……。

東くんの両親が捕まって、南条先輩も捕まって、北山くんが暴こうとしている秘密は今も価値があるものかどうか分からない。露見してしまった秘密は取引の材料にならないからだ。

もし、今も価値があるものだとしたら、渋谷先生の秘密だとしか考えられない。

あんなに一緒にいたのに、私は唯香の痛みの正体がなんなのか分からずじまいだった。唯香にもきっと何か大きな痛みがあったのだと思う。そうでなければ説明ができないことが沢山あると思う。

唯香が成し遂げたかったことはなんだろう？

唯香にちゃんと謝りたかった。

唯香を殺した犯人が許せない。

だから私は今、学校にも行かず、ずっとワイドショーを見ている。時々、ママの棺を開けながら……。

5. 渋谷美香子 Mikako Shibutani

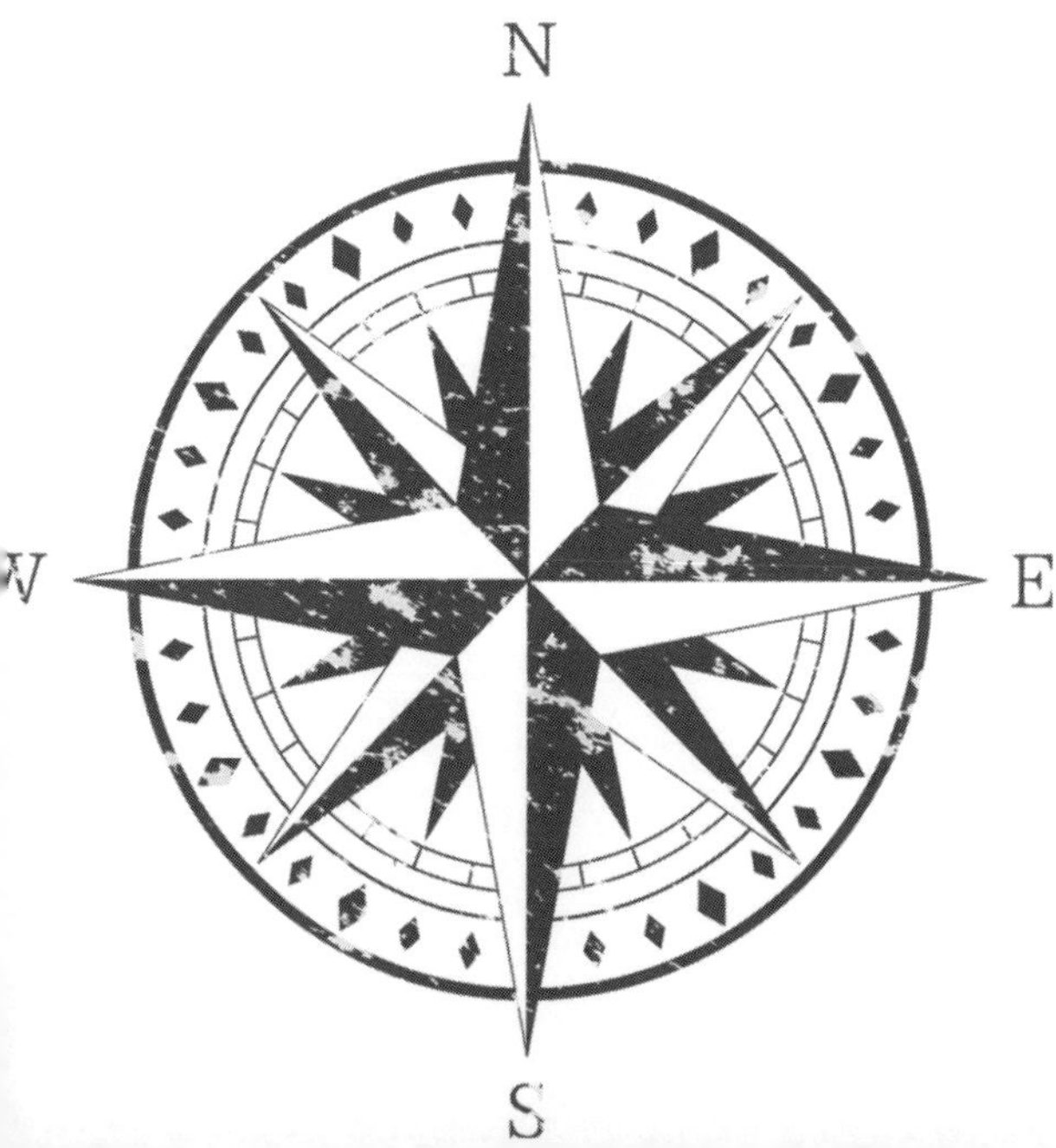

「誰だと思ったら——うん、貴様だな。己も貴様だろうと思っていた。なに、迎えに来たと？　だから来い。奈落へ来い。奈落には——奈落には己の娘が待っている」

——芥川龍之介『地獄変』

もっと早く、また呼び出すのだろうなと思っていましたよ。北山くん。

あなたがぐずぐずしている間に、郷土資料研究会の東くん以外のメンバーも捕まってしまいましたね。あなたのお母さまの鈴子さんが亡くなった十六年前の事件に負けないほどのおぞましいことが沢山出てきました。話したいことがいくつかあります。

でも、何から話していいのか分からないので、順を追って話しましょうか。この町に教師としてやってきたのは私なりの目的があったからです。実は私は生まれも育ちも東京なのですが、そのことを誰かに言ったことはほとんどありません。そう言うと大抵の人が身構えるからです。

そういう経験は北山くんにもあるようなので共感できるのではないでしょうか。

この町で都会から来たよそ者が暮らすには「先生」と呼ばれる立場でいるのはとても楽でした。

ここは何の縁もゆかりもない独り身の女が、突然現れるのは目立ちすぎる田舎町です。「先生」という肩書はそれを上手く隠してくれました。

私が夫の渋谷英雄（しぶたにひでお）に出会ったのはこの椿ケ丘です。渋谷は生物の教師をしていました。生徒に人気のある教師でした。身長が高く、当時人気のあった今でいうところのイケメン俳優に似ていると女生徒からはもてはやされていました。渋谷の白衣は時々なくなることがあったくらいです。授業も分かりやすく、指導力もあるという評価を得ていたと思います。ユーモアを交えてとても饒舌（じょうぜつ）に喋る男でした。それが彼の表の顔でした。渋谷は一見すると一方的にのべつ幕なしに話しているようでいて、しっかり相手の情報を聞き出し、その情報を記憶していました。

そして、渋谷の特技はその情報をもとに周囲にいる人間の弱みを握ることでした。

そう、渋谷は今のあなたと同じように、やんわりと私を脅して、ほとんど強引に私と関係を持ちました。

「上園先生はどちらの大学でしたっけ？　ああ、やっぱり○○ですか。私の後輩に高原というやつがいるんですが上園先生と同期ですよね？　そいつから妙なことを聞いたんですよ……。ご相談したいなあと思いましてね。今日お宅に伺ってもいいですよね」

こう言われた時、今よりずっと若かった私はガタガタ震えながら自分の小さなアパートにこの男を迎え入れるしかありませんでした。

この田舎町に私と縁のある人間なぞ、一人もいないと思っていました。まさか、学生時代のゼミの同期がこの田舎町出身だとは渋谷に言われるまで露とも知らず、私は教壇に立っていました。

渋谷は私のゼミの同期なら、私の学生時代の友人なら皆知っていることを知っていました。事実というものはパズルのピースのようなものです。一片だけでは何が描かれているか分かりません。同期の高原くんにとってはその事実はたった一つの一片でしたが、渋谷にとっては最後の一片だったのです。

私は教員免許を取得せず教壇に立っていました。渋谷が手に入れた最後の一片はそれです。北山くんが握っていると言っていた秘密は私の教員免許のことですよね？　渋谷以外の誰からも問いただされることがなかったので、そのことを自分でも忘れてしまいそうなくらいでした。若かった私があんなに怯えたのが滑稽に思えるくらいです。もし、時間を巻き戻すことができたなら、あのころに戻って、すぐに自分の罪を認めてこの町から去ります。そうすれば今ある幾つかの悲劇は防げたでしょう。

まあ、そんなことはできなかったので今がこうあるのです。

ごめんなさいね。でも、後悔とはこんな風に不甲斐のないものなのですよ。

渋谷は割とすぐに私と結婚したいと言いました。

それもいいかもしれないと私は思いました。結婚すれば妻の秘密は守るでしょう。脅迫されて身体を許し、関係を続けていることを、自分で認めたくなかったというのもあるかもしれません。

もう少し私の心に余裕があったなら、私と関係を持つために、どうして渋谷が自分の「表の顔」の魅力を使わず、パズルの最後の一片を使ったのかをよく考えることができたかもしれません。そうすれば彼の妻になるということがどういうことなのか想像できたはずです。

けれども、あの時の私には正しい判断など望めませんでした。そして、何もかも渋谷の言う通りにしなければなりませんでした。

嫁いだ渋谷の家には、姑がいました。

姑は嫁の私がこの町の出身ではないことを、とても不満に思っていました。

「英雄が選んだなら仕方ない」

などと言いながら、気に入らないのがあからさまでした。何をしても文句を言うので、姑の気に入るようにするためにずいぶんと神経を使いました。そして毎日のようにこう言われました。

「渋谷の家では『三年子なきは去れ』だからね」

姑の頭の中が時代錯誤で差別的で、反吐が出そうなことが何度もありましたが、それでも我慢しました。たとえもし、子どもを授からなかったとしても、原因が自分にあるはずがないことを、私は知っていたので、何か悪いことがあるとしたら私の方に違いないと決めつけている姑の言葉は理不尽すぎました。

けれど、結婚して二年経っても子どもができなかったので、いよいよ姑の嫁いびりはヒートアップし、私は深刻なストレスによる生理不順に悩まされました。

できるものもできない状況に追い込んでいるのが、孫の顔が見たい姑本人。

北山くん、高校生のあなたから見ても滑稽でしょう？

私の給与は姑に管理されていました。ボールペン一本買うのも姑の許しが必要でした。

経済的にも、肉体的にも、精神的にも追い詰められていました。

「いつでも、好きな時に出て行ってもらって構わないのよ」

姑の口癖です。出て行こうにも出て行く手段を最初から取り上げているのにこんなことを言うのです。

私の頭の中は、「子ども」でいっぱいでした。子どもさえ産まれれば、姑の鞭が緩むと信じたかった。

そんな酷い日常のなかで、ある日突然、夫がおくるみに包まれた赤ん坊を連れて帰りました。

「あなた。この子は？」

「俺の子なんだ、母親が育てられないから、うちに連れてきた」

「そんな……犬猫みたいに……」

「可哀想だろ？　だから、うちで育てよう。この子がいれば母さんも少しは落ち着くだろうから」

夫に他に女がいるのは知っていましたが、それも姑は私のせいだと言っていました。

普通の精神状態なら、こんな理不尽なことを受け入れられるはずがなかったでしょう。

でも、その時の私は普通ではありませんでした。私にとっては姑の鞭が緩むかもしれない可能性の方が大事でした。

何をどうしたら実子にできたのかは分かりませんが、その赤ん坊は私たち夫婦の子どもになりました。

　姑が「唯香」と名付けました。

　北山くん、少し顔色が悪いですよ。貴方は目の色が本当に変わるなんて言っていましたけど、顔色のほうが分かりやすいですよね。

　話を戻しますが、唯香は私が産んだ子ではなかった。

　唯香は育てやすい赤ん坊でした。

　孫を見られて姑もご満悦でした。姑にとっては、孫を私が産んだかどうかなんてどうでもいいことでしたから。

　ストレスが減ったおかげでしょうね。唯香が来てから三ヶ月で私は妊娠しました。

　素直に喜びました。姑も喜んでくれるものと……。

　でも、それは私のとんだ思い違いでした。

　私の本当の地獄はここからはじまりました。

　台所でつわりをこらえながら、料理をしていた時でした。

「あら、美香子さん、もしかしてあなた妊娠しているの？」

「はい。そうだと思います」

「嫌だわ今更。みっともないから、明日始末していらっしゃい」

「は?」

あまりにも理不尽なことを言われると、頭が真っ白になって何を言われているかわけが分からなくなり、一瞬何も言い返せなくなるものです。

「子どもは唯香がいれば、もういらないでしょ? 明日、必ず始末なさい」

「で、でも、お母さま、英雄さんにも相談しないと……」

姑は舌打ちをしました。私はガタガタ震えながら、台所のシンクのへりに掴まっていました。

「あなたと違って、英雄はいつも私の言うことを分かってくれるから、そんな心配は無用です」

「で、でも……」

「明日ですよ。明日必ず始末していらっしゃい」

取りつく島もありませんでした。

夫に相談したら、信じられないことを言われました。

「諦めた方がいい」

「でも……」

「昔、母さんが言ってた。渋谷の嫁は家畜だって。自分のことを言っているんだと思っていたけど、やっぱり、お前のこともそう考えているんだろ。まあ、母さんが憎みやすい相手だからな。美香子は母さんに嫌われる条件が揃ってるから……」

「あなた、まさか、だから私と結婚したって言うの?」

夫は返事をしませんでしたが、向けられた背中に答えが書いてありました。

夫は、口うるさい姑の目を私に向かせることで、自分が監視されるのを逃れたかったのだと思います。

私は合計、三度も堕胎しました。四回目は流産でした。姑にとっては私の苦しみが何よりもご馳走なのです。夫は静かにそれに加担していました。

唯香がすくすく育つ中、私の中の暗闇も育っていきました。

悲しみと憎しみと苦しみ。

ねえ、北山くん、私が唯香を愛せなくても仕方がないことだと思いませんか？

四回目の流産は当時五歳だった、唯香が関わっています。まさかあんなものが凶器になるとは思いもしませんでした。

私はその時、妊娠七ヶ月でした。今度こそ産める。そう思っていました。私は廊下の拭き掃除をしていました。姑から掃除をすると安産になるからと、いつも以上に厳しく言われていましたから念入りに拭いていました。唯香はそんな私の横を通り過ぎ、階段を上ったかと思うと何かをばら撒いていました。

こちらがせっかく掃除をしているのに、仕事を増やされてかちんと来ましたが、唯香は私が呼ぶ声も無視して何かを振り回しながら階段を汚していくので、それも掃除するより仕方ないと思いました。

私は階段を下の段から拭きあげていくことにしました。撒き散らした液体は階段の上の段に集中していました。下から順に拭いていき、上の段でとうとうその液体を拭き取りました。

何やらよく知っている香りがしましたが、それがなんなのかその時は思い出せませんでした。丁寧に拭きあげましたが、滑り（ぬめ）は一度拭きあげただけでは落ちませんでした。

ふと顔を上げると階段の一番上に唯香はいました。どうしてこんなことをしたのか、問い詰めると唯香は廊下の奥へ逃げたので、追いかけようとした瞬間です。私の視界はぐらりと回転し階段から落ちました。落ちていく瞬間に液体の香りがなんなのかようやく思い出しました。

あれはリンスです。

あの時私はリンスには界面活性剤が入っていることを思い知りました。

北山くんも床にリンスを塗って、その上を靴下を履いた足で歩いてみれば分かりますよ。ものすごく無様に転倒します。足場がなくなる時の心臓がフワッと浮くような感覚も味わえます。

なぜお風呂場から持ち出してまでリンスだったのでしょうね？

死んだ夫に似て、唯香は賢い子です。

それはあなたも知っていますよね。北山くん。

五歳にして私の子どもを殺す凶器を見つけたのです。実際私の子どもは流れてしまいました。

私がいけなかったのだと、姑は責めました。唯香には冷たいのに、おなかの子に優しく話しかけたりするから、罰が当たったのだと。

むちゃくちゃでした。

まあ、そもそもその時、堕胎を強要されなかったのは、姑の思う通りに唯香が育たなかったせいです。

それもほとんど姑のせいなのですが、姑は唯香がダメなら新しい孫、と考えたようでした。

女の子が生まれたらさせたかったあれこれを姑は唯香に押し付けました。

ピアノやバレエ、そろばんに英会話教室、更には日舞まで。唯香はそのすべてに癇癪をおこして、拒否しました。

ありったけかわいがったつもりの孫に「おばーちゃんなんて嫌い！」と言われて、その反抗を微笑ましく思える人間だったら、姑は私をいたぶったりもしません。

小学生にもなると、唯香の奇行が目立つようになりました。

虫や鳥やネズミやうさぎ。

足をもいでじいっと見たり、刃物で刺したりしていました。

私が怖がると、姑は笑いました。

「英雄もこんなことをしていた。子どものすることなんてこんなものだ」

姑はそう言いましたが、私にはとてもそうは思えませんでした。

私はあの子が怖くてあの子の育児から遠ざかり、姑がかろうじて面倒を見ているという状況でした。

それでも、なぜかあの子は私に執着しました。だから私は早々にあの子に自分の子どもではないという事実を教えて、何度もその手を振り払いました。

今でも思いますよ。あの子を愛せたらどんなに楽だったでしょう。

でも、愛情というものはスイッチを入れると動き出すようなものではありません。


あの子が六年生になった時、私にチャンスが訪れました。夫が家に帰らなくなったのです。職場である学校も無断欠勤でした。

一週間くらいで、私は捜索願を出して、二ヶ月後には学校に夫の退職願いを出しました。

姑は半狂乱で私を責めましたが、それはいつものことなのですべて聞き流しました。

夫がいなくなったのに私がこの家にいる理由など……。探せばあるのかもしれませんが、探す気はありませんでした。

渋谷の家を出て人生をやり直そうと考えていました。

けれども、玄関から出ていよいよと言う時に唯香に呼び止められました。


「お母さん、私も連れて行って!!」

そう言って唯香は私に飛びつきました。この子の温度を少しでも感じると、私は寒気と吐き気を覚えるようになっていましたから、当然ですが突き飛ばしました。それでもしがみついてきて、本当に鬱陶しかった。

「何度言ったら分かるの？　私はお母さんなんかじゃない。連れていくはずないでしょう？　私の赤ちゃんにあんなことをしたあなたを」

「お願い。なんでもするから」

「何もしてもらいたくない。あなたたち家族と、同じ空気を吸うのも嫌なの。もうあきらめて。おばあちゃんがいるから、あなたの生活は大丈夫よ」

「お願い。お母さんが連れて行ってくれないなら、私、あの子を殺すよ？」

「え？」

「大きな池のある家に住んでる高校生のことだよ。あの子……お母さんによく似てるよね」

誰にでも、自分にとっての大切なよりどころがあるものでしょう。私にとってのそれを、唯香は殺すと言っているのでした。


大きな池のある家に住んでいる高校生……。

東くんの姉、東園美は私が産んだ娘です。娘の父親の東世一は私の学生時代の恋人でした。若かりし私は、愚かにも留年できるだけ留年した大学院生を、モラトリアムを満喫している素敵な男性だと思ってしまった。

世一は私が妊娠したと告げると、自信たっぷりに大丈夫だから産もうと言っていました。

世一の母親は、渋谷の姑とそう変わらない女でした。

この町の人間でもなく、東の嫁にふさわしい要素もないあなたと、世一を結婚させられないと言われました。

けれども産まれた子どもを迎える心づもりはあると言われました。

何十畳もある広い部屋で怒鳴られて、責められて。その間彼は一つもかばってはくれませんでした。あんなに大きなことを言っていたのに、母親には何一つ逆らえない男なのだと、その時初めて気がつきました。

園美を出産するために、私は大学を中退しました。それで教員免許を取得できなかったのです。妊娠も中退も私の両親の逆鱗に触れ私は勘当されていました。孤立無援の中一人で子どもを産み育てる自信はその時の私にはありませんでした。本当に後悔しています。

私がこの町に来たのは、園美を陰ながら見守るためでした。椿ケ丘に配属された時は嬉しかった。東の人間は大抵この学校に通うと以前世一に聞いていたからです。いつか園美に学校で再会できるかもしれないと思っていました。出産して、すぐに世一の母親に奪われたわが子。名前だけは譲れなくて決めさせてもらいました。

私の名前「上園美香子」から二文字とって園美と。

私のたった一人のかけがえのない娘を人質にして、唯香は再び私を渋谷の家に閉じ込めました。

唯香がどうやって園美に近づいたのか分かりませんが、一度だけ、園美を家に連れてきたことがありました。私を見た園美は息をのみました。私たちは本当によく似ていたと思います。家に園美が来たのは、東くんが「園美が自殺した」と言っている時期とそんなに離れていません。もしかしたら、園美は唯香と自分が姉妹だと勘違いしてしまったのではないかと思います。そのことを思い詰めて死んだのではないかと、そう思えて仕方がないのです。唯香は、とても上手に園美を追い詰めたと思います。

「園美を殺す」と言われてから、私はますます唯香を憎みました。夫が行方不明になってから、気落ちした姑は認知症になりましたが、その面倒を唯香に押し付けることにしました。

すぐに唯香は姑を老人介護施設に入れましたが、その費用は姑のお金で賄っていたと思っていました。でも、そうではなかったようですね。

まさか唯香が売春したり、女衒の真似事をしたりしているとは思いませんでした。そうやって稼いだお金と、園美や東の家を脅迫して引き出したお金は、姑の始末と、あることに費やされていました。

あることとはＤＮＡ鑑定です。かなりの金額を使っていたようです。夫の英雄は常々こんなことを言っていました。

「俺の女で俺の子を産んでないのが、妻のお前だけだなんて皮肉なもんだな」

夫はこの町に自分の子どもを育てさせている郭公の巣が無数にあることを私にほのめかしていたのです。

唯香が、郷土資料研究会に集めたかったもの。

北山くん、あなたは分かっていたから、この間あんなことを話したのでしょう?

ヴンダーカンマーの話。

園美以外の子どもをみんな流してしまった私は、あの博物館の建物が視界に入るだけでもつらいです。

私もあなたが考えたようなことを考えたことがあります。胎児か嬰児か。私は唯香という嬰児を引き取ったのですから、当然と言っていいでしょう。唯香もいつからか自分がどこから来たか気づいていたのだと思います。

唯香が郷土資料研究会に集めたのは、東くん以外みな私の夫の渋谷英雄の子どもだったのではないかと思うのです。もしかすると、東くんだって……。

そしてあなたはあなたの母親の鈴子さんを殺したのが、私か英雄ではないかと考えているのでしょう?

自分の父親が誰なのかに気づいたあなたは、唯香を激しく憎むようになったのでしょうね。

でもね、北山くん。あなたがそのことに気づくように仕向けたのは、他ならぬ唯香だったと思いませんか?

よく考えてみて下さい。

例えば自分と身体的に似ている部分をさりげなく見せたり、鈴子さんが夫と私の教え子だったことや英雄が女にだらしなかったことを、聞かされたりしませんでしたか？

あなたに気づいて欲しいことだけを、あなたが気づけるようにヒントを配置していたと思います。

あなたは唯香が見せているものだけを信じてしまった。だから大事なことを見落としてしまったのです。

あなたと唯香の誕生日。

三日しか違いませんよね？　恐らくあなたは二人の女、私と鈴子さんに三日違いで子どもを孕ませた、節操のない英雄がますます憎らしかったと思います。

でも、そうではないことに、そろそろ気づきましたよね。

貴方は仏間に飾られている鈴子さんの写真でしか鈴子さんを知らない。

もし、あなたにもっと鈴子さんを知る術（すべ）があったのなら、唯香の思い通りにはならなかったと思います。

唯香が大きくなるにつれ、私にも分かりました。

めったに笑わない子でしたけど、唯香の笑顔は鈴子さんの笑顔にとてもよく似ていたのです。

まさか、まさかと思いながらも見過ごしてきたことを、保身だと言われたらそれまでですけど、北山くん、あなたと唯香は恐らく二卵性双生児です。

ＤＮＡ鑑定で唯香は裏をとっていたと思います。

兄弟の鑑定は難しいらしいですね。

親子鑑定からさかのぼることもあるのだとか。

だとすれば唯香は、あなたのお祖母さんか、お祖父さんのサンプルも保持していたかもしれませんね。

どうやって?

あの子なら、上手くやったでしょうね。東くんの両親のコネクションを使ってあなたの家に近づいたのかもしれませんし、あなたのお祖母さんお祖父さんどちらかの弱みを握っていたかもしれません。そうですね、例えばあなたは「虐待と言うほどのことはなかった」と言っていましたけど、あなたは明らかに虐待に遭っていましたね。そのことを材料に芝居じみた正義感を振り回した唯香に出るところに出るだとか言われたのかもしれません。どちらにせよあの子にとっては簡単なことだったと思います。

一方、父親の英雄のサンプルはいくらでも取り放題だったでしょう。

こんなことに沢山お金を使う意味が分かりませんね。

まあ、北山くん。貴方は唯香に選ばれてしまったのでしょう。

英雄の子どもを集めて、あの子は自分を殺してくれる人間を選んだのだと思います。

こんな芝居がかった死に方をしたのは私に対する当てつけかもしれませんね。唯香は園美を憎んでいたに違いありません。園美には死んで欲しい。けれども園美が死ねば私は渋谷家から去る。そのジレンマに苦しんではいたのかもしれません。園美は死んでしまった。私がいなくなるなら死んでやる。という当てつけではないかと思うのです。まあ、私には分かりません。狂人の考えることなんて。

北山くんあなたはどうですか？

妹を孕ませた時、妹を殺した時、どんな気分でしたか？

みんなを呼びつけてあんな自分語りをしたくらいですから、さぞかし爽快だったのでしょうね。

真実をつきとめた名探偵気取りだったのでしょう？

英雄が鈴子さんを殺したかどうかは私には分かりません。あの男は人でなしですけど鈴子さんを殺すメリットが英雄にはありません。恐らく鈴子さんは自ら死を選んだのではないかと……。死にきれない所に英雄が現れたのだと思います。英雄が鈴子さんの腹を切り裂いたのはおそらく、子ども並みの好奇心と、子どもだけは助けたかったからではないかと思います。

英雄はそうだったけど、あなたは唯香のお腹の子のＤＮＡが自分と一致するのを恐れて、切り裂いたのではないですか？

それとも私に対して見当違いの復讐がしたかったのですか？　唯香を殺せば、私が怒りや悲しみでいっぱいになるとでも思っていましたか？

最近のニュースで、園美の一部が東家の庭の池から見つかったと聞いた時は胸がはりさけそうになりました。けれど、ここに吊り下げられている唯香を見た時は違うものが広がりました。

安堵です。

ようやく、何もかもから解放された気がしました。そして次から次へと発覚した事件で、英雄の子どもは皆自分勝手な事情で簡単に人を殺せるのだと実感しました。

もちろんあなたもですよ、北山くん。
私の流れてしまった四人の赤ん坊。
初めて、産まなくて良かったのかもしれないとさえ思いました。
私にそう気づかせること——。
これこそがあの子の目的だったのかもしれません。
そして、今、私は初めて唯香を愛せそうな気がしているのです。

6. 渋谷唯香

Yuika Shibutani

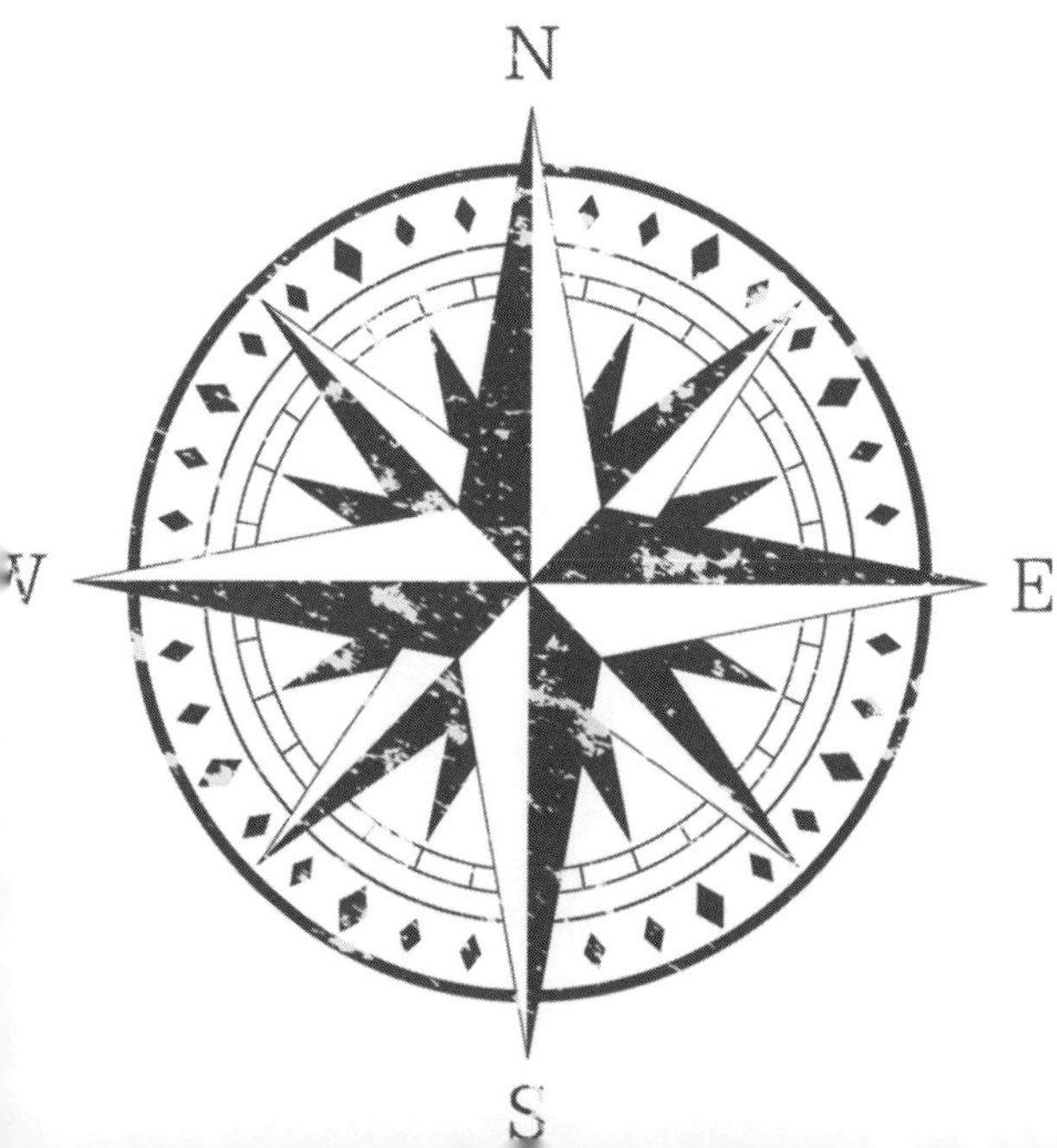

一切がはたされ、私がより孤独でないことを感じるために、この私に残された望みといっては、私の処刑の日に大勢の見物人が集まり、憎悪の叫びをあげて、私を迎えることだけだった。

――アルベール・カミュ『異邦人』

生まれた時から、当たり前に受け入れていることは、それが普通じゃないってことになかなか気づけない。

例えば私には胎児の時からの記憶がある。生まれた瞬間より後の日時を指定されれば、正確にその日何があったのかを言える。

誰もがそうなのだと思っていた。少なくともおそらく私の父親、渋谷英雄はそうだった。

誰もが持ちえない記憶力も、使い道がなければ、たいして役には立たないものだ。けれども英雄はその記憶力を抜け目なく駆使して、目星をつけた人間を手中に収めるのが上手だった。

英雄にはもう一つ普通じゃないことがあった。

それも、私と同じだ。

——自分の目的が達成しさえすれば、何が起きようとも心が痛むことがない。

ただ、その目的が、私と父英雄では大きく違うだけだ。


胎児の時の記憶をさかのぼると明らかなのは、私の生母である鈴子が、私たちに殺意しか抱いていないことだった。どうやって英雄と関係を持つようになったたか、細胞レベルでしか存在していなかった私には知るよしもない。

私が知っているのは、おなかが膨らんでもなお英雄に脅され凌辱され、生きる気力をなくしていた鈴子が、厳しいのに無関心な両親の目から、どうやって妊娠していることを隠すかだけを必死に考えている所からだ。

妊娠を継続させることは、英雄からの命令で絶対だった。

「恐怖」というものは、私には理解の範疇を越えている。その恐怖が、やりたくないことを継続し続けるという矛盾のつり橋の上を鈴子に歩かせていた。

「産みたくない、だけど先生が怖い」

それなら、どうして、逆鱗に触れたとしても両親に相談しなかったのか?

両親に相談できていれば、少なくとも「産まない」選択はできたはずだ。

一見簡単そうに見えることが、選択できない。

それこそが英雄が鈴子に与えていた、恐怖の実態だった。


鈴子の恐怖は、陣痛で最大限になった。自宅にはいられず、朦朧としながら、なぜか椿ヶ丘へ向かい、本館で首を括った。

子どもを産むことが、鈴子にはどうしても受け入れられなかった。ここで私たちが死んでいたら、お母さんはもっと幸せになれたのかもしれない。けれど、鈴子がこと切れる前に現れたのは英雄だった。

「ああ、もうちょっと耐えてくれ」

状況を一瞬で理解した英雄は鈴子を即座に諦めて、持っていたメスで私たちを取り出しはじめた。

そう、英雄のこの世に生きる目的は、自分の子どもを、どんな形でもいいから沢山この世に送り出すことで、そこにまつわる様々な人々の感情など、全く関係のないことだった。

「おお、そうじゃないかとは思っていたが、二卵性双生児か。ますます惜しかったな、鈴子ならもっと産んだかもしれないのに」

血まみれでそう言った英雄がニタリと笑うのを私が覚えていると言ったら、英雄はどうしただろうか？　私が最初に見た父親の姿がそれなのだ。

私はお母さんのためにそれを誰にも言っていない。


二卵性双生児の二人のうち、どうして英雄は私だけを連れて帰ったのだろうか？　一般的に考えれば、どちらかがうるさかったと考えられるけど、私も兄も、たいした産声はあげなかった。兄はもしかしたら、静かすぎたのかもしれない。とにかく英雄は、私だけを連れ去った。

闇に紛れて、英雄は本館から逃走した。

真夜中も、鈴子の腹の中も、たいして変わらないようにその時の私には思えた。

そう、あの人の「お母さん」の声が聞こえるまでは、私は闇の中にいた。

～おうまの　おやこは　なかよし　こよし　いつでも　いっしょに　ぽっくりぽっくり　あるく～

私が鈴子の胎児であった期間、あの女からは殺意しか感じなかった。私の安全は常に脅かされていた。実際鈴子は自分ごと私たちを殺そうともした。嬰児の私に初めて優しく歌ってくれたのは他の誰でもないお母さんだった。初めて安心することを覚えた。

そしてこの時から、私の生きる目的は、お母さんと一緒にいることだった。

それは、普通の親子なら、望めばたやすく達成できるはずのことだったのに、どうしてだか私は、あらゆる手段を考えなければならなかった。

〜おうまのかあさん　やさしいかあさん　こうまをみながら　ぽっくりぽっくり　あるく〜

「唯香ちゃん、まーたその歌、歌ってる。ほんとに好きなんだね」

「えー。そんなに、歌ってる？　うん。でも無意識に、精神安定剤的なかんじなのかも」

「うん。でもなんか、かわいい」

にっこりと微笑んだ園美ちゃんに、私は笑みを返す。

園美ちゃんは、本当にお母さんに似ていて美しいし、かわいいし、癒される。

でも、それ以上に憎くてたまらない。園美ちゃんは、お母さんが産んだ実子というだけで、本人が全然知らないにしろ、お母さんからこんなにも愛されていて。

愛されるのになんの努力も実績もいらないなんて憎たらしい。

でも、なんにも知らないって、素敵なことだ。

欲望の赴くままに、義理の妹の身体をまさぐったりできるもんね。

けれど、偏ったモラルがありそうで、かなり期待はできた。

私のグッドエンドっていったら、この内気なレズビアンに殺されることだったから。

ここまでは順調。まあ、いつも、思いついたことは大抵順調に進む。

小学生の時に、どうしてもお葬式が見てみたくなって、同級生を追い詰めた時も簡単だった。

人の心は、自分の感情を遠くに吹き飛ばせば、簡単に見透かせる。そしてアクセントに恐怖を植え付ければ、なぜだかどんどん縋り付いてくる人間が増えていく。

初めてお葬式を見た時、同級生のいじめを焚きつけたのが私だとは、誰も気がつかなかった。

首謀者と言われた子は、沢山の大人から責められて、どこか遠くに引っ越してしまった。

その子は、今も私にさせられたとは思っていないと思う。

目の前のことだけに熱中できる子だったから、今は自分の醜聞にびくびくするので手いっぱいなんだろう。


「ねえ、唯香ちゃん、何が食べたい？」

おなかがすいたとき、園美ちゃんはいつもこう聞く。そして園美ちゃんの食べたいものは大抵決まっている。

「おなかすいたから、なんでもいいよ」

「えー。もう、ほんとに？」

バニラエッセンスみたいな甘い声に一番うっとりしているのは、園美ちゃん本人だと思う。

バニラエッセンス。

最後の流産までは、お母さんもよくケーキを焼いてくれたから、あの匂いは大好きなのに。

懐かしいケーキを思い出していたら、オーブンの焼き上がりを知らせるタイマーではなく、私がセットしたキッチンタイマーが鳴った。

園美ちゃんが夢から覚めたような顔になるのを横目で窺いながら、私はキラキラにデコられたタイマーにゆっくり手を伸ばして、スイッチをオフにする。

「園美ちゃん、一回清算してもらっていい？　私、電話で直帰していいか、マネージャーに聞いてみるから」

「分かった……」

園美ちゃんは、ヴィヴィアンの黒い長財布から、私に言われるがままお金を出す。もうあの財布は、ほとんど私のものだ。

園美ちゃんには、買春している自覚が全くない。

恋人の自由な時間を買ってあげていると信じている。

色恋営業にあっという間にハマってくれた。園美ちゃんにとって私は恋人なのだ。

私の駒でしかないマネージャーに、電話をかける。

援デリをはじめたのは、どうにかして近づきたい人物がいたからだ。

はじめてからすぐに気づいたのは、搾取されるのは身体だけじゃなく、お金の方がずっと多い上、思いのほか割に合わない商売だということ。

お金がほしい理由もそれなりにあった。援デリをはじめる前は、二人だけしか判明していなかった、私以外の英雄の子どもが誰なのかを調べるための費用と、ばあさんを老人ホームに閉じ込めておくための費用。


私以外の英雄の子ども。

もちろん、二卵性双生児の兄は当然その一人だ。鈴子の実家で育てられているらしい。

もう一人は……。


「ねえ、唯香ちゃん、まだ？」

電話中の私の前でひそひそ声でそう言う園美ちゃんは、本当に可愛い。

あと少し、とジェスチャーをすると、園美ちゃんのほおは膨れた。

本当に可愛いと思うよ？　でも、ねえ。園美ちゃん。

園美ちゃんとセックスするのも、デブでハゲの脂ぎったロリコンのオッサンとセックスするのも、私にとっては同じ作業だって言ったら、園美ちゃんはどうするんだろうね？

たまに、ムラムラと言ってみたい衝動にかられるよ。

園美ちゃんの性欲みたいにね。

搾取されるのが嫌なら、搾取する側に路線変更しなければいけない。それにはそれなりのセットが必要だ。

今話しているマネージャー役は私がネットで拾ってきた。

引きこもりのネトウヨ。四十八歳。

実家で引きこもってるとかなら不便だから目をつけなかったけど、こいつは独り暮らしだった。ネトウヨの親は自分たちの視界にネトウヨが入るのがよほど嫌だったのだろう。引きこもり部屋をネトウヨのために借りていた。

ネトウヨはきっとそれまで、男にも女にも馬鹿にされるか欺かれるかコケにされるかしてきたんだろう。手負いの野生動物よりもおびき寄せるのが大変だった。それに役割を演じさせるために躾けるのに、半年もかかったけど、その手間暇かけた苦労は今確実に報われている。

搾取する側にならないと分からないことや、できないことは沢山ある。女だけで取り仕切るのには限界があると気づいてから、探し出したちょうどいい人間がネトウヨだった。

眉毛の角度を変えさせて、趣味の悪い金の指輪やネックレスをつけさせて、いかにもってかんじのスーツやジャージを着せても猫背はどうにもならなかったけど、半年のコストの見返りは十分だ。

厄介そうな男が取り仕切っているようだと客が思えば十分。

当たり前だけど、ネトウヨは、女に縁のある人生は送っていない。

たいした躾はしていないけど、女をコントロールできる立場にいると勘違いさせているから、毎日が楽しくて仕方ないみたいだ。

その自分一人の力では望めるはずもない楽しい毎日を与えているのは、私だ。私に逆らえばいつでもそれは取り上げられるということをネトウヨは十分理解していて、私に逆らうことは決してない。だからこそ、コストをかけた。

ネトウヨ。もといマネージャーがいるから、私は園美ちゃんの前でひ弱な子猫になれる。

電話を切って顔を上げると、園美ちゃんは私が何を言うのかをじっと待ち構えている。こういうことをする園美ちゃんを見て、恋をされる対象は「ちいさなかみさま」になれるのだと確信した。

元々園美ちゃんは、従順が美徳みたいな育てられ方をしていて、その美徳を私にあらんかぎりさらしたいみたい。それが私にはちょっと息苦しい。

「終わったよ。直帰オッケーだって。ごはんどうする？」

「カフェロコにしよ？　近いし」

「うん」

この町にしたら上出来な、おしゃれな店に園美ちゃんは私を連れていきたがる。

——恋人とおしゃれなカフェで楽しいひと時。

それを邪魔するつもりもない。園美ちゃんが私と心中する気になってくれるんだったら、私はなんだってやってのける。


園美ちゃんのミニに乗って、車で二十分もかけて到着したカフェは、天井が高くて、テーブルも広くて確かに快適だ。

「うわあ。今日のランチもすごく素敵ね、唯香ちゃん」

「そうだね」

大きなプレートに色々な料理が所せましと載せられている。小さなスープカップ、シュリンプの乗ったアボカドのサラダ。フォカッチャにプロシュート。

箱庭みたいだ。

どこかままごとを連想させられてしまうかんじが、園美ちゃんの部屋にも似ている。

「あー。毎日でもここに来たい」

「園美ちゃん、しょっちゅう来てるんじゃないの？」

「私、一人で外食ってできないから、唯香ちゃんと一緒にいる時だけだよ」

「弟と、よく出かけてたじゃない」

「りーちゃんは男の子だから、こういうとこ行こうとすると嫌な顔するんだよ」

「シスコンのくせに生意気だね」

「りーちゃんは、優先されることに慣れているからね。すぐ顔に出ちゃうのはそのうちなんとかなるはずだし。私に甘えてるだけだよ」

「園美ちゃん、優しすぎ」

「そんなことないよ。私、りーちゃんのことを利用してないとは言い切れない。あの子がいたから私はあの家にいやすかったの」

園美ちゃんは、東の奥様が自分の実母でないことを、どうやら小さいころから知ってはいたようだ。でも、自分の母親が誰なのかを全く知らない。

「本当のお母さんに会ってみたいとは思わないの？」

私の質問に園美ちゃんは少しも考える様子なく、さらりと答えた。

「思わないかな」

「どうして？」

「だって、赤ちゃんの私を捨てられるような人に会いたいとは思えないよ」

「何か事情があったのかもしれないよ？」

お母さんは自分で育てるつもりだったらしい。でも在学中に妊娠して大学を退学したことで、お母さんの両親から絶縁されたのと、地理もよく分からない田舎町で味方は一人もいなかったことで、簡単に赤ん坊の園美ちゃんを取り上げられたのだ。十分な事情があった。

「何か事情があったとしても……ねえ、唯香ちゃん、私もう今度のお誕生日で十九歳なの。会いたいなら最初のお誕生日から今までの間に会いに来られたと思わない？」

「それでも来られない事情があるのかもよ？」

「その事情は私にはもう、関係ないと思うの。それに今更会いに来たとしても、きっとお金のことだよ。東の家にはお金があるから」

園美ちゃんは猫舌で、ティーポットの食後の紅茶をカップに移してから、冷めるまでしばらく待つ。

紅茶の湯気が消えていくのを眺めていたら、自分のそれまで素晴らしかった思いつきが、急にとてもつまらないものに思えてきた。

園美ちゃんが私と無理心中をして、園美ちゃんだけが生き延びれば、お母さんは被害者兼加害者の母親になれる。

人殺しになった園美ちゃんはきっともう東の家にはいられない。

そうしたら、二人は一緒に暮らせそうじゃない？

そう思って描いていたストーリーが、園美ちゃん本人によって全否定された。

だったらもう、園美ちゃんなんていらないな。

冷めた紅茶を美味しそうに飲む園美ちゃん。望めば私の一番欲しいものが簡単に手に入る園美ちゃん。どうやって死ぬのがドラマティックだろう？

私は新たなストーリーを描きはじめていた。

「ねえ、唯香ちゃん、どこか遠くに行って二人で暮らさない？」

「え？　なんで急にそんなこと言うの？」

「そうしたいから」

「どう考えても無理。どうしちゃったの？　変な夢でも見た？」

「ううん。なんでもない……」

園美ちゃんから、お金を絞れるだけ絞ったつもりだったけど、園美ちゃん自身のお金がかなりあるみたいで、なかなか東の家までたどり着けていなかった。

思うように先に進めないから、思い切ってお母さんに会わせてみようと思った。

園美ちゃんには分かるだろうか？　お母さんと園美ちゃんがどんなに似ているか。私はいつもそれを思い知る。

少しは思い知ればいいのにっていつも考えていたけれど、私の家に来て、お母さんを見た時の園美ちゃんの顔は間抜けそのものだった。

まさか、「私のお母さん」が在宅しているとは思わなかったんだろう。

「私のお母さん」を見た園美ちゃんは、びっくりして、それから少しだけ、未成年の女の子とセックスしていることに罪悪感を抱いたみたいだ。それで、きっとお母さんの顔をあまりよく見られなかったんだろうか？

そこに立っていた人が、自分の実母かもしれないという可能性なんて、一ミリも考えなかったらしい。こんなに似ているのに気がつかないなんて本当に不思議だけど、気がついていなかったと確信している。

かわいそうなお母さん。

お母さんは、毎月給料日に、園美ちゃんが働いている大型商業施設に行く。

ジュエリーアズマの前を三回くらい通り過ぎるだけのために。

園美ちゃんの姿を月に一度見るのがお母さんの給料日のご褒美なんだろうと思う。

園美ちゃんが高校生の時は、あの商業高校の校門の近くで、通勤に使っている軽を停めて、ひっそりと園美ちゃんが通り過ぎるのを待っていた。

それを毎月見ていた私っておかしいかな？　お母さんの行動は把握してないと落ち着かないから仕方がない。

園美ちゃんを目の前にした、あの時のお母さんは、見たことがないくらい動揺していた。

それなのに園美ちゃんはなんにも気づかなかった。あの愚鈍さは例えようがない。

ただ、園美ちゃんは家に来てから、私の身の上話を疑いはじめている。

父親が作った借金のせいで、家計が苦しいから、進学とか自由にできそうになくて、やむをえず援デリをしている。そんな子がジュエリーアズマで買い物するはずがないという発想はのんきな園美ちゃんにはなくて、ただ同情してくれた。私は用意周到だった。あとはどうとでもなる。

その確信があってついた嘘だった。

私の家を見たりお母さんに会ったりしてからなんだか疑っている。それは自然なことだ。渋谷の家は敷地も広いし、家も一昔前の注文住宅でしっかりしているし、お母さんはちゃんとしている人にしか見えないから、とても借金を抱えている家のようには見えなかっただろう。

お母さんは、園美ちゃんが、家に来たことには動揺していたけど、そのことについて、私を問い詰めたりはしない。私を刺激したら、私が園美ちゃんを殺すかもしれないと思っているせいなのか、とことん私の存在を無視したいのか、そのどちらでもないのか、分からないけど、沈黙している。

かわいそうなお母さん。

園美ちゃんが椿ケ丘に行くと思い込んで、椿ケ丘に来たはずなのに、椿ケ丘に行くのは英雄の子どもばかりだ。そして、お母さんは今まで私が母の日に送ったプレゼントをことごとく捨てたけど、あの眼鏡チェーンだけは使っているのは園美ちゃんが選んだものだと言ったからだ。園美ちゃんと二人で選んだものだったから、半分嘘で半分本当だ。

不満げな園美ちゃんを無視し続けていたら、タイマーが鳴った。

「園美ちゃん、延長する？」

「……うん。ねえ、それほんとにどうにかならないものなの？」

「タイマーのこと？　うん。だって計算できないじゃない」

「唯香ちゃん、まさか、今も私以外の人から、お金もらってないよね？」

くそめんどくさいことを言いはじめたとつくづく思った。なけなしの優しさを集めてお茶を濁そうかなとも思ったけど、そろそろ開き直ってもいいと思った。園美ちゃんはもう引き返せないほど私に「コスト」をかけている。

「だって、仕事だから」

「え？」

園美ちゃんはぽかんと口を開いたままになった。

園美ちゃんは東家の厄介者にしては、お育ちが良すぎる。

暗黙の了解の中で育ったからなのだろうか？

これだけ自分が尽くしているのだから、私が当然見返りを与えてくれると勝手に思っているのかな？　だから、こんな訊き方をしたの？

「まさか」だなんてね。もっと頭使え。

「仕事だから。お金もらえるから、園美ちゃんが呼ばない日は、他のお客さんのとこ行くよ。私、結構人気あるからね。小六の時からだもん、おなじみのお客さんは断れないしね」

「ひっ」

園美ちゃんは小さく悲鳴を上げる。

大丈夫だよ、園美ちゃん。これから先はね「今のこの瞬間の方がずっとマシだった」って思えるようにしてあげるから。

「何か問題あるかな？」

「お金なら、私がいくらでもあげるから。他の人とはしないで」

「園美ちゃんがいつまでも、私に夢中とは限らないでしょ？　気づいてるけど黙っていてくれてるんだと思ってた」

「私の気持ちを疑ってるの？」

「疑うとかそういうもんじゃないの。ずっと同じなんてありえないでしょ？　ってこと」

「唯香ちゃんと、ずっと一緒にいたいよ？」

こんな子どもっぽいやりとり。すごく疲れる。

「私はそんな自信ないから」

「え？」

「今は、今でしょ？」

「え？」

「ねえ、園美ちゃん。延長する？　しないなら帰っていいかな？」

タイマーのボタンをイライラしながら弄ぶ。

「ねえ、帰っていいの？」

「……延長します」

「あ、そっ」

私はタイマーのボタンを一分ずつ押して六十分にすると、スタートボタンを押した。液晶の数字が薄くなっている気がした。

「ねえ、園美ちゃん、メモして。リチウム電池 CR2025」

「え？」

「もう。ボサッとしないで。今メールするから、それ、買ってきて」

「どうして？」

「タイマーが切れたら困るからに決まってるでしょ？　ほら、早くコンビニ行ってよ！」

「はい」

鳴るのを嫌がっている園美ちゃん自身にタイマーの電池を買いに行かせた。


ああ。こういうこと？


産みたくもない子どもを孕まされ、妊娠を継続させた鈴子と、今の園美ちゃん、似てるかもね。

「恐怖」の仕組み自体はとても簡単そうだ。

タイマーは正確に一秒ずつ時間を減らしていく。園美ちゃんも鈴子みたいになるだろうか？

そのためにはこれをあと何回くらい鳴らすことになるんだろう。

そう考えたとたんに、背中の方から指先にふわりと力が宿るような気がした。例えようのない高揚感に身体が軽くなる。きっとこういう所が、私は英雄にそっくりなのだろう。

だから、私はお母さんに嫌われてしまう。

それでも、自分が止まれないことは私自身が一番よく知っていた。園美ちゃんはしばらく帰ってこないだろう。私は園美ちゃんのカバンの中をチェックして、名刺入れの中に面白いものを見つけた。

こういう時に記憶力は役に立ってくれる。援デリの顧客名簿は実は物体としては存在しない。

全部私の頭の中にある。園美ちゃんの名刺入れの中には、タイマーの時間をさっきまでの予想より短くできそうな情報があった。

確実に上手くいきそうな思いつきに、笑いがこみ上げるのを止められなかった。


「唯香ちゃん、どうしよう。親が貯金のことで話したいって言ってる」

「え？　どういうこと？」

「どうしてだか全然分からないけど、お金使いすぎたのがよくなかったみたい」

「へえ。そうなんだ」

「どうしよう？」

園美ちゃんの名刺入れにあったのは信用金庫の営業の名刺だ。そこから東の家に簡単に近づけそうだなと思った。その営業は幸運なことに私が抱えてる嬢の客だった。もちろんいつもは偽名を使っている客だ。

でも、園美ちゃんが持っていた名刺には写真が入っていたから本名と職場まで判明した。

人には言えない、やましい性癖を解消する癖のついている人間は、秘密を保持するためなら、ギリギリまでなんでもする。今回は簡単な要求だったから、すんなりやってもらえた。

――東園美さんの口座から多額のお金が引き出されている。その事実を東家の家長である東世一、もしくはその妻の裕子に教えること。

信金の営業マンは、なぜそんなことを強要されたのか全く意味が分からないようだったけど、自分の身元がバレてしまったことの方がよっぽど重要だったみたいで、すぐにミッションをクリアしてくれた。

どの程度でも、金持ちは、金に汚い。

少なくとも、東家は間違いなく汚い。お母さんに園美ちゃんを産ませて、お母さんから園美ちゃんを取り上げたのも、東のばあさんが、それが一番金のかからない手段の上、世一が将来迎える予定の嫁が石女（うまずめ）だった時の保険にもなる、一石二鳥のメリットがあると判断したからだ。

お母さんになけなしの見舞金と引き換えに、娘には決して会わないと念書まで書かせた東のばあさんのいた東家が金に汚いのは動かしようのない事実だ。

きっと、東家は、娘の財産の流出を見逃すような真似はしない。園美ちゃんを問い詰めるに違いない。

東家が、私にたどり着けるかどうかは分からないけど、私にはいくらでも柔軟に使いこなせる切り札がある。

そのためにお金を使ったり人を使ったりしてきた。

園美ちゃんさえ、お母さんのことをあんな風に言わなければ、こんな使い方はしなかった。

まだ、足りないカードはあるかもしれないけど、そのうち手元に集まってくるはずだ。

いつもそう。

計画なんて綿密である必要はない。私がフリーハンドでざっくり描いた線の中に、向こうが形を変えて入ってくれる。

「お金のこと、なんか言われそうなの？　園美ちゃんが自分のお金を自分で使っただけなのに、親がなんか言うとかおかしくない？」

「おかしいかな？　でも、お父さん、かなり怒ってるかんじだった。どうしよう？」

「独り暮らしでちょっと、金銭感覚間違えちゃったって言えばいいんじゃない？」

「ちょっと間違えたって言える額じゃないから……」

園美ちゃんはそっと目を逸らした。

園美ちゃんが言いたいことは、もちろん分かる。

東の家にいた時は地味に生活していた園美ちゃんが、実家を出てから、一ヶ月あたり百万以上のお金を使っていたら、ちょっと間違えたとは、誰だって思わない。

園美ちゃんが独り暮らしなんかしなければ、お金はこんなにかけずにすんだのに。

あのまま東の家にいてくれた方が、東家の人々に近づきやすかった。

でも、園美ちゃんは自分の指向と嗜好が露見するのをひどく恐れていたし「私」という存在に舞い上がっていて、勝手に家を飛び出してしまった。

まあ、遠回りした結果、面白いことに利用はできたけど。

でも、遠回りになったのは園美ちゃん自身のせいだから、ぐったりした園美ちゃんに、きっちり追い打ちをかけようと思った。

「もしかして、私にお金返せとか、貸してとか、そういうこと？」

「違う。違うのそういうことじゃなくて……」

「じゃあ、なんだって言うの？」

「お父さん、私の口座やカード、しばらく取り上げてしまうと思う。そしたら、私のお給料だけで唯香ちゃんを買い占めるなんてとても無理。だから、その間仕事を休んで欲しいの。お願い」

そう言って、土下座する園美ちゃんを見て、うっかり笑いだしそうになる。

人間って、何を言い出しはじめるか分からないね。びっくりする。

この時、やっぱり自分に「値段」をつけていてよかったなと思った。

「それは、約束できないよ」

「え、どうして？」

「だって、お金がいるから」

「必ず、もっと用意するから、ね。お願い」

あー。ちょっと園美ちゃんのこと、甘やかしちゃったかもしれない。

「園美ちゃん、私たち援デリ嬢はね、お金に関しては約束とか、ツケとか、そんなこと絶対信用しないいんだよ。信じられるのは現金一択。だって踏み倒されても、どこにも文句言えないんだもん」

絶対ない。

私たちの、関係。今はっきりさせる勇気が、園美ちゃんにあるか？

「え？　でも……」

「そう言う事情なら、しばらく会えないってことだね。分かったよ」

ふいっと園美ちゃんから目を外して、スマホを操る。

リアリティってやっぱり、それなりには必要みたいだから、園美ちゃん以外の、顔におしっこくらいまでならひっかけても、むしろ喜びそうな客のアドレスを指先でゆったり上下に動かす。

園美ちゃんはそれだけで顔を青くして焦っている。

「どうして、私のこと信じてくれないの？　どうしたら唯香ちゃんは信じてくれるの？」

園美ちゃんは、ぽつりとそう言った。

「信じるとか、信じないとか、そういう問題じゃないと思う。それに、何を信じていいのか私にはまだ分からない。今は今しか信じられないし」

「今この瞬間だけしか信じられないってことなの？」

「たぶんね」

こんな会話をしている時点で、私が園美ちゃんを信じることはないと、園美ちゃんが気づけないのは私のせいじゃない。

坂道からボールを転がすのも、高層ビルからボールを落とすのも、低いところに落ちていくという意味では変わらない。

ただ、どちらもどんな通り道が待ち受けているかは分からない。

小石が落ちていたなら、坂道では方向転換をしてしまうだろうし、強風が吹いていれば、落としたボールは遠くへ行くだろう。

ただ、落ちるということに変わりはない。園美ちゃんがどんな風に落ちていくのかを、幾通りも予想してみたけど、東家もなかなかやる。


ある時はこうだった。

「独り暮らし、やめろって。通帳もとりあげられちゃった」

その時は、無駄遣いしちゃったと思われたんだから仕方ないんじゃないと慰めた。


またある時はこうだった。

「お見合いすることになりそう」

その時は、するだけで親が満足するかもしれないからしてみたら、と言った。


さらにある時はこうだった。

「お見合い相手が乗り気で、断りたいのにお父さんのプレッシャーでとても断れそうにない」

その時は、結婚して専業主婦になったら、私と会える時間は沢山できそうだと励ましたら納得したみたいだった。

さらにさらにある時はこうだった。

「お見合い相手が、モーテルに連れ込もうとしたの。本当に気持ち悪かった。男に触られるなんて無理」

呆れた。

色々言いたいような気もしたけど、

「結婚したら、間違いなく求められそうだね。でもまあそれも仕方ないんじゃない？」

とは言っておいた。それからの園美ちゃんは、私からどうすれば愛情とか同情を絞り出せるかを必死に考えているみたいだった。


東家の詰めは甘くなくて、日を追うごとに、軟禁、監禁度が増した。

最終的には、園美ちゃんは家から全く抜け出すことができなくなった。

見張りがきつくなって、私が気にしていたのは、園美ちゃんのスマホを、東家の誰かが取り上げてしまわないかということだったけど、それはかろうじてないようで、毎日ヒステリックなメールが続くようになった。

私はお返しに、自分の営業日誌のようなメールを送った。そして、お金はいつ頃自由になりそうかと、わざと何度も尋ねた。

園美ちゃんは東家と私の両方から追い詰められて、病んでいった。

〈死にたい〉

って、最初にメールが来た時にはなだめた。この言葉は一度口にしてしまうと、何度でも言いたくなるみたいで、何度も何度も繰り返された。

そろそろ本気だろうという時に私はこうメールした。

〈死にたいって言って死ぬ人あまりいないよ。もう死ぬ死ぬ言わないで、私だって死ぬほど忙しいんだよ？　受験だし、園美ちゃんのせいで、収入が不安定だし。一回り上のデブと結婚するくらい、どうってことないでしょ？〉

それからしばらく、あんなにうるさかった園美ちゃんからのメールが途絶えた。

自殺教唆しちゃったかも？　でもまあ、あの家が私を警察に突き出すことはないだろうとたかを括った。

自殺教唆と娘が未成年を買春していた事実。どちらが重く傾くかは予想がついた。

死んじゃったかもな、と思いはじめたころに長いメールが届いた。

〈唯香ちゃん。私はもう、本当に限界です。

唯香ちゃんの言う通り、結婚すれば自由な時間ができて、あなたに会いやすくなるかもしれません。

でも、そうじゃない可能性の方が高いと思います。

一昨日、結納がありました。

小西さんの指は、私の手に触れただけです。

でもナメクジみたいにぬめぬめした指が触れた瞬間に、この人に蹂躙されるくらいなら、やはり、死ぬことの方がたやすいと思えたの。

私がお金を用意できないせいで、唯香ちゃんは私以外の客をとっていて、酷い目に遭っているのに、こんなことを考えてしまう私は、本当に身勝手だと思います。

どうしたらいいのか、必死に考えていたら思い出しました。去年のお誕生日に、お母さんのお友達の外交員さんが勧めてくれた生命保険。

受取人を唯香ちゃんにしてしまえば、もう唯香ちゃんがお金に困ることもなくなるのでは？

本当は唯香ちゃんとどこか遠くで暮らしたい。でもそれは叶わぬ夢のようです。でもせめてあなたに自由になれる翼をあげられるなら、私の死は無駄にはならないと思うの〉

　本人はいたって、真剣なのだろうけど、色々突っ込みどころが満載過ぎて、メールを全部読む前に私は笑い転げた。あまりにも面白いので何回も読んで笑っているうちに、はたと気づいた。私は英雄の領域にまでは達していないらしい。鈴子なら英雄に命令されたら誰とだって結婚しただろうし、お金を作るために、私の代わりに自ら待機所に行き、自分に値段をつけたに違いない。

私はどこで間違えちゃったんだろう。

園美ちゃんを私の言いなりになることだけに達成感を覚えるように躾けたかったのに。

まあ、次がある。ゆっくり考える時間もある。反省点はじっくり見直すことにして、ひとまず目的は達成できるのだから、ここから園美ちゃんがどうするのかが見ものだ。


英雄は当初、嬰児の私をお母さんの所に連れていくつもりではなかった。本館から逃げ出して最初に行ったのは渋谷の家ではない。

「うわあ。あかちゃん。かわいいねえ」

「だろう？　もう一人くらい、しいが育ててもいいだろう？」

「むりだよう。しい、もうおっぱいでないし、あかちゃんはおかあさんといっしょ、だよ」

「そのお母さんがいない子なんだよ」

「しいはもう、たっくんのおかあさんだから、むりだよう」

私が覚えているのは狭い部屋と、英雄が「しい」という女と話していることだった。

その時の英雄の態度は、鈴子に対するものとも、後で知るお母さんに対するものとも違っていた。今から思えば、英雄の一番のお気に入りは、しいちゃんだったのかもしれない。

もしくは都合がよかったのかもしれない。たいして脅したり策を弄(ろう)したりしなくても、しいちゃんは英雄の思い通りに動く駒だったのだろう。

搾取しても分からないどころか、あの時のしいちゃんの態度からして、しいちゃんにとっての英雄は安心できる存在だったのが想像に難くない。

もし、あの時に、英雄がしいちゃんの部屋に立ち寄らなければ、私はこんなに早く、英雄の子どもたちに関する手掛かりを掴めなかったと思う。

英雄が死んだ時、私は英雄の書斎をかなり物色したけれど、英雄の子どもたちに繋がりそうな日記やメモは見当たらず、ようやく見つけたのが、コーポフジサワの賃貸契約書だった。

地図と間取り図も入っていて、そこに実際行ってみて、記憶が完全に繋がった。

それから、すぐに、しいちゃんがどうやって収入を得ているのかも知った。

——もしかしたら、しいちゃんならそれとは知らずに、他の英雄の子どもに関する情報を持っているかもしれない。

根拠のない自信だったけれど私は自分も援デリ嬢になって、しいちゃんに近づくことにした。

それが、園美ちゃんに近づくきっかけにもなった。

しいちゃんに近づくために、まず私が取り掛かったのはネトウヨを躾けることだった。躾け終わってから、まずネトウヨをしいちゃんの客にさせて、そのきっかけを使って、私の援デリにスカウトするように仕向けた。

しいちゃんのスカウトが成功してから、ちょうど空き部屋だった、コーポフジサワのしいちゃんの隣の部屋をネトウヨ名義で借りて、そこを嬢の待機所にした。

「しいちゃん、ここに私たちがいること、たっくんには絶対に言っちゃだめだよ？　それから、私が呼ぶまで、ここには来ちゃだめ」

「なんで？」

「しいちゃん、たっくんが、このこと知ったら、きっと悲しむって分かってるよね？」

「……うん」

「だから、絶対にたっくんに分からないようにしようね」

「うん！」

心配しなかったわけじゃない。信用していたわけでもない。けれど、しいちゃんは従順に秘密を守ってくれた。

しいちゃんが、自分の部屋の隣に待機所があることに慣れたころ、しいちゃんの仕事中かつ、たっくんの留守中に、あらかじめ作っておいた合鍵でしいちゃんの部屋に侵入して家探し(やさが)をした。

狭いアパートの中で、大事な物を隠すとしたらどこだろう？　それにしいちゃんが間違えて捨てたりしない工夫もいるはずだ。

英雄の子どもたちの手掛かりを、しいちゃんが持っていると私は確信していた。子どもを産ませた母親と子どものリストが必ずどこかにあるはずだ。英雄の記憶力なら本来いらないリストだけれど、コレクションの証を必ず作っているはずだ。蒐集したものは並べて鑑賞するのがコレクターの心理だろう。それに露見するかもしれないギリギリのスリルを楽しんでいた可能性もある。そのリストを見つけたところで、何のことだか分かりもしないいしいちゃんの部屋は隠す場所としては最適だったのではないだろうか？


ぐるりと見まわしてみると、めぼしいものが見当たらない。

書類や本などが入っていてよさそうな書棚や箪笥はなく、唯一あるカラーボックスの中はたっくんの教科書やノートを入れるためだけにあるようだった。

押し入れもあけてみたけど、布団と、衣装ケースしかない。

しいちゃんがいつも持ち歩いているバッグや財布の中はもうチェック済みだから、そっちにないことは確定していた。

限られた時間の中で探し物をするストレスって本当にキツイ。喉が渇いた私は、キッチンへ行って冷蔵庫を開けてすぐ違和感に気づいた。

飲み物を入れるラックにボールペンが一本刺さっている。

救急箱も何故か冷蔵庫に入っていた。

ふと冷凍庫を開けてみると、ビニールに入れられた、明らかに食材ではないものが見つかって、すぐに中身を確認した。

「母子手帳？」

ははーん。しいちゃんは、自分にとって大事なものを、なんでも冷蔵庫に入れておくんだなと思った。

確かに合理的だ。

冷蔵庫はよほど重病でもない限り、どの扉も毎日開ける。

そこに大事なものを入れておけば、毎日、ニブイ頭に刻める。

「きょうも、ちゃんとあるから、だいじょうぶ」

この知恵を授けたのがたっくんだったら厄介だけど、恐らく英雄だ。英雄でなければとっくに母子手帳はなくなっていただろう。

母子手帳を開いた。たっくんが三八二〇グラムで生まれたとかいうどうでもいい情報が並ぶ。たぶん私には母子手帳なんてない。

鈴子はおそらく、病院を一度も受診していない。

しいちゃんにはここまでしてあげているのに、鈴子には雑だなと思った。

私は英雄の子どもなのに英雄の考えることが時々とても難解に思えて仕方がない。

パラパラと母子手帳をめくっていると、予防接種のスタンプがいくつか押してある後ろの方のページが、袋とじのようにホッチキスで雑に綴じられていた。

——これだ。

私がホッチキスの針を爪で一つずつはずすと、中から四つ折りになったＢ５サイズの紙が出てきた。

それを広げた瞬間、笑いが止まらなくなった。

まるで、模様のように見えた細かな文字の羅列。さっとそれに目を走らせると、自分の名前を見つけた。生年月日も書いてあった。私のすぐ上が双子の兄だ。

人数を確認するのが大変なくらいだった。一番上の子どもの生年月日を逆算すると、英雄は高校生のころから女を孕ませていたことになる。

せっせと、二十年近くこんなことをしていたらしい。

一人も産まれていない年もあるから、獲物の選び方は、かなり慎重だったことが窺える。

平均すると一年でだいたい三人の子どもが産まれている。

要するに六十人くらいの名前が書かれていた。

繁殖。繁殖。繁殖。そこにどんなエクスタシーがあったのかは測りかねるが、とにかく「繁殖」の二文字が思わず頭に浮かばざるを得なかった。

六十人か。命題を全部解くのは面倒だし、おそらく時間もない。

「三つくらい強烈」なのが目標。そうすると「兄」は外せない。

あとは、耕し、蒔いてみよう。そうすれば、どこかが、誰かが芽吹くはずだ。紛れていても、英雄の子どもならば。

「たっくん」が芽吹かなければいいなあとは思う。

私はしいちゃんに関わるにつれ、しいちゃんのことが好きになった。何もかもがとてもシンプルで、とても幸福で、とても不幸な人。

ネトウヨが自腹を切ってまで買うのはしいちゃんだけだ。

「俺のこと、絶対、馬鹿にしねえからよ。つか、女の子に、あんな風に優しくされたのは初めてだった」

三十過ぎのシンママなのに「女の子」と呼ばれるしいちゃん。だから、当然しいちゃんはうちの援デリのナンバーワンになった。

「たっくん」の名前は、「兄」の上にあった。妙な親近感が湧いた。

私の名前のすぐ下にあった名前を見て一瞬目を疑ったけど、指でなぞって確認して、最初は鼻から息が漏れ、肩が震えて、最終的に声を上げて笑っていた。

「東陸一」

英雄はどうやってマダム東に近づいたんだろう？

あー。すっごく知りたい。

東家なら「強烈」に入るし、これから接近する予定もあるから、一石二鳥だと思えた。

笑いが止まらない私を正気に戻したのは、この部屋の玄関の、かろうじて存在するカギが回る音だった。

やばい。

そろそろ「たっくん」が帰ってくる時間になっていた。

しいちゃんが今入っている客はかなりの太客だから、しいちゃんが帰って来たとは考えにくい。

なら、今、カギを回しているのはおそらく「たっくん」だ。

私は息を殺して、母子手帳を持ったままベランダに行った。このまま返したら、あっけなく不法侵入がばれる。しいちゃんがこれのないことに気づく前にもどしておけばいい。「たっくん」が気づいたとしても、「たっくん」はしいちゃんがものをなくすことに、きっと慣れているはずだ。

ベランダづたいに、待機所に戻るタイミングを窺う。万が一と考えて靴を待機所に置いてきて正解だった。待機所のベランダのカギも開けてある。

私らしくもなく、英雄の子どもリストに熱中してしまった。

自分の足元の影を確認する。

薄いカーテンに自分の姿が透けてないか、気になった。


ミシリ。


身動き一つしていないのに、ベランダの床がきしむ。部屋の中の人間が動く気配がした。

「たっくん」とは、いつか対峙（たいじ）することになりそうだけれど、今はそのタイミングではない。

カーテンが揺れたような気がして息を呑んだ瞬間だった。

「たっくん、かえってたんだ。おかえり」

太客から意外と早く解放された、しいちゃんの大きな声が玄関から聞こえて「たっくん」はしいちゃんの方へ移動した。

助かった。

私は柵を乗り越えて、待機所に戻った。

こうして私は英雄の子どもリストを手に入れた。


私より上は十歳くらい。下も十歳くらい。ちょうど私たちが真ん中だ。リストに載っているのは生年月日と名前だけだった。上から順番にネットで検索したものをチェックしていく。十代以上なら、ＳＮＳでコンタクトをとることも可能だろうなと思った。

詳細が不明な人物はお金を払って、調べてみたけど、十六歳以上にある共通点を発見した。

「全員、椿ヶ丘に通ってた。もしくは、通ってる……」

英雄は椿ヶ丘の教員だった。それを考えると、どんな手段か分からないにしろ、英雄の意図があって、全員椿ヶ丘に通っているのか？　単に英雄の遺伝子が優秀ということなのか？　それとも、全くの偶然なのか……。

分からないけど、英雄の子どもは椿ヶ丘に通う確率が高いということに間違いはない。

それなら、ここで接触できる人間に仕掛けるのが一番、手っ取り早いだろう。

こんな風にして、私はざっくりと計画を立てた。


私がリストを手に入れたのは中一の冬。

リストは、待機所にあった灰皿の上で燃やした。

紙が燃えカスになったその瞬間に、英雄は、本当は自分の子どもがこんなにいるということを吹聴したかったのかもしれないと思った。

もうリストは私の頭の中だけにしかない。まさか自分と同じようにリストを記憶してしまえる人間がいるとは英雄でも流石に想像できなかっただろう。このリストを使えるのは最早私だけだ。どこをどんなふうに使うか使わないかは、全て私次第だ。英雄を出し抜いてやったような気がして私の気分は最高だった。


高校生になるまでは……。つまり、私が椿ヶ丘に行くようになるまでには、十分すぎる時間があった。

援デリで働いている以外の暇な時間は、全て、あのリストの英雄の子どもに関する情報を収集するのにあてた。

その中で一番いいサンプルだったのが緋音だ。

緋音は万引きGメンに気づかなかった。ということは、どうやら緋音には私と同じ記憶力がないらしいと予想がついた。胎児の時の記憶までは分からないが、写真をとったように頭に残ることはないのだろう。

もし私と同じなら、あのショッピングセンターに定期的に来ている数名の万引きGメンの顔や特徴があぶりだせるはずだ。

緋音の犯行自体は大胆で慣れていた。

本当はあんな風に接触するつもりはなかった。でも、万引きで補導でもされたら、緋音が椿ヶ丘に進学する見込みがなくなる。それでは、せっかく手に入りそうな駒が一つ減ることになる。

そこで声をかけた。


「私、ブラジャーがないと、死にたくなるの」

こんなに唐突に、滑稽なことを言われたのは初めてだった。話を聞いていくうちに、時々イライラもしたけれど、英雄の子どもにしては、私とあまり似ていないことに少し焦った。

命題は絶対に解かなければならない。

緋音が「私を殺す」のは難しそうだ。だったら、母親殺しなら?

そこで、私は緋音が自分のことを「かわいそう」だと思えるように、慰めて、励まして、土台を整えた。

——そうなんだ。やっぱり私って、かわいそうなんだ。

緋音がそう思えば思うほど、すこしずつ目標に近づいているような気がした。

椿ヶ丘に来ないと面倒なので、一緒に勉強もした。

そのころ、すっかり恋人気取りだった園美ちゃんのおままごと部屋でも勉強した。一緒に勉強してみて、緋音は私とは違うことがはっきりと分かった。

英雄の能力を英雄の子ども全員が受け継いでいないほうが、ずっと楽に全てが進む。その方が都合はいい。六十人中何人が私と同じことを思いつけるかは常に気がかりだったけど、少なくとも緋音は思いつけないだろう。


「唯香っていつ勉強してたの？　結構仕事沢山してるように見えるのに」

「私、実は特技って言ったら変かもしれないけど、ショートスリーパーなんだよね」

「ショートスリーパー？　何それ？」

「睡眠時間、一日三時間くらいで足りちゃうんだよ」

「えー！　すごいね。でも、なんか羨ましいような、羨ましくないような」

「どうして？」

「短くて足りるのは羨ましいけど、私寝るの大好きだから、三時間だけだと物足りないかも」

「物足りなくならないのがショートスリーパーなんだよ」

本当は、勉強を家でやることなんかほとんどない。でもそれは言わない方がいいだろう。こんな風に園美ちゃんの部屋で勉強していた夏休み、緋音が帰った後で、予想していなかった訪問者が現れた。

私が来ているときにインターフォンが鳴ると、園美ちゃんは静かに居留守を使う。

訪問者のたいていが弟の「りーちゃん」で、私との関係を説明できないので居留守を使うのだけど、その日の訪問者は様子が違っていた。何度も何度もインターフォンを押し続けてから、ほとんど叫ぶようにこう言った。

「緋音ちゃん、いるんでしょ？　出てきなさい、緋音ちゃん‼」

その次の瞬間には、私の足元にあったものがけたたましく音を立てはじめた。

「唯香ちゃん、それって」

「うん。緋音のスマホだね。忘れてっちゃったのか。きっと今来てるのは緋音ママだね。ねえ園美ちゃん、私話してくるから待ってて」

「え？　でも大丈夫？　怖くない？　なんかすっごく怒ってるみたいだし」

「大丈夫。大丈夫」

私は、緋音のスマホを片手に緋音ママの所に向かった。


玄関を開けてみると、そこに立っている緋音ママは、自分の身なりにはほとんど構っていないような、小太りのおばさんだった。そう長くはない髪の頭頂部から放射状に広がっている白髪が、生活感を漂わせるのと同時に、おそらくの実年齢より、ずっと年をとっているように見せていた。

でもまあ、十五年くらい時間を巻き戻したところで、この緋音ママが大胆に変化を遂げるとはとても思えない。そう考えると英雄の慎重な獲物選びはそういった面ではかなり守備範囲が広かったんだなと、ある意味感心してしまった。

「あなたは誰？　緋音ちゃんがここにいるはずなんだけど」

緋音ママは憤怒（ふんぬ）の表情を崩さず、鼻息荒く私に尋ねた。

「もしかして、緋音ちゃんのお母さんですか？　私、緋音ちゃんの友達の渋谷唯香です。緋音ちゃん、ちょっと前に帰ったとこなんです」

「そんなはずないわ。だって……」

私がパッと緋音ママに緋音のスマホを見せたら、緋音ママの表情がサッとなくなった。

「私も、今気づいたんですけど、緋音ちゃん、スマホ忘れて行っちゃったみたい。お母さん、緋音ちゃんに渡してもらえます？」

「……私がここに来たことは、あの子に言わないでもらえるかしら？」

「じゃあ、私が緋音ちゃんに渡した方がいいってことですね」

「あなた、どういう……」

「うちのお母さんも時々やるから分かります。ＧＰＳでどこにいるか確認しちゃうみたいです。もう、プライバシーの侵害だから、やめてって言うんだけど心配みたいで」

「そうよね。心配だもの。心配だからなのよ」

「そうですよね。私もお母さんがそれで安心なら、仕方ないかなって思う時もあります」

「あらっ！　そう？」

私がお母さんにGPSで居場所確認、なんてされたことがあるはずもないけど、緋音ママは食いついて来た。

「でも、お母さんがGPS情報を確認できるのは、とてもいいことだと思いますけど、居場所が分かる機能って、ちょっと怖いですよね」

「どういうことかしら？」

「ストーカーとか、性犯罪者とかに自分の居場所が筒抜けだったら、恐いなって。あ、私被害妄想が激しいから、緋音ちゃんのお母さんに変なこと言っちゃった」

「変なことなんかじゃないわ。そうね、確かに、恐いことよね」

「こんな田舎町で、人気のない場所に行くことが、ストーカーとかにバレたらとか考えるとGPSって便利なだけじゃないですよね」

「そうね。ところで、あなたは緋音ちゃんとどういう繋がりが？」

「私たち、同じスマホのゲームをやってて、そのゲームの仲間なんです」

「は？」

「ドラゴンウィッシュっていうゲームで今超流行ってるんです。SNSでどんどん仲間が増えていくんです。私たち女の子だけのチームを組んでて、緋音ちゃんがリーダーなんです。すごいんですよ緋音ちゃんって強くって、こないだも……」

「ああ、そう。もう分かったわ」

『ドラゴンウィッシュ』なんてゲームはこの世に存在しないはずだけど、緋音ママは、あっさり引き下がった。詐欺はハッタリで成り立つ商売なんだということを実感した。

緋音にこんなに執着しているのに、緋音の交友関係も気になるのに、簡単にだまされてしまう。でも、緋音がどこで何をしているか、ここまでして突き止めようとする不気味さは好ましく思えた。

――緋音を自分の側に、置くためなら、なんだってやる。

その気迫を肌で感じたからだ。


英雄が己の欲望を叶えるために最も必要で、最も効果的であったろうと思われる要素は、その美貌だ。

ババアが赤ん坊の私を見て喜んでいたことを思い出す。

――英雄の赤ちゃんの時にそっくり！

英雄は美しかった。おそらく、どの女よりも。だからこそ、行えたことが多々あるのだろう。

けれども、英雄によく似ているはずの私の顔を見ても緋音ママは何も感じないようだった。

私の名前を聞いても少しも動揺しなかった。ということは、英雄のことは緋音ママにとっては遠い記憶なのだろうか？　だとしたら、緋音ママは英雄から恐ろしい目に遭わされていないのかもしれない。珍しく利害関係が一致していたといえばしている。とにかく子どもを産ませたい英雄と、とにかく子どもを産みたかった緋音ママ。二人とも相手は誰でもよかった。

緋音ママは、近眼なのか、目を細めて、まるで睨みつけるように私を上から下まで観察してこう言った。

「緋音ちゃんはここによく来ているの？」

「はい。あ、たまには一緒に勉強とかもしてますけど」

本当は、ほとんど受験勉強をしているけど、緋音ママは、緋音を椿ヶ丘に行かせたくないらしいので、勉強していると言わないほうがいいと思った。

「そう。ねえ、あなた、唯香ちゃんだったわね？　連絡先を教えてもらっても構わないかしら？私ね、あの子のことがいつも心配なの。最近隠し事が多いみたいだし」

私はありったけの笑顔で応えた。

「もちろん」


緋音が、自分も商品になりたいと言った時にピンと来た。

緋音ママは、緋音が椿ヶ丘に行くのが本当に嫌だったみたいで、焦っていたのは、頻繁に私に送られるメールでよく知っていた。

〈どうせ結婚して、主婦になるしかないんだから。椿ヶ丘に行く必要なんてない。あそこに行っ

て、叶いもしない夢を緋音ちゃんが見てしまうのがかわいそうなの。ねえ唯香ちゃん、あなたもそう思うでしょ？〉

〈勝手に、願書を出したみたい。先生にあれほど言っていたのに。椿ヶ丘なんて、行かせたくないって言っていたのに〉

緋音ママのメールは面白い。私が椿ヶ丘を受験することとかはちっとも頭にないようで、とにかく、娘を自分の側にいさせたい一心で、先々まで妄想した結果、緋音が椿ヶ丘に行くのはダメ――なのだ。

でも……。

椿ヶ丘卒の女子は、進学後、四割程度はこの町に戻ってきて就職している。短大も大学もない町だから、進学するには町を一回は出なくてはならないけれど、四割プラス、緋音ママの説得六割で十割にすれば緋音はこの町に帰ってくると思う。

でも、その選択肢は緋音ママには、まったく浮かばないようだ。

なぜ、浮かばないのか、私にはよく分かる。

それ以外を選びたくないからだ。他のことなんて、絶対に選びたくない。

「緋音に自由なんて与えてやらない。この土地で私と同じように朽ちないといけない」

そう、思っているとしか考えられない。

まあ、実際がどうだかは分からないけど。

緋音ママには、最初にヒントをあげたはずなのに、理解できていないのか、躊躇(ためら)っているのか、なかなか動こうとしないので、ある時こんな返信をした。


〈地元ラブ！　ってかんじの彼氏でもいれば、違ったかもしれませんねー。緋音ちゃん、好きな人とかいないいって言ってたから難しいかな〉


そこから、ひとっとびに緋音のＧＰＳ情報を、緋音が一番嫌っている男に渡してしまう、飛躍感。緋音ママは本当に面白かった。

緋音が援デリをはじめると言って、レイプされた話を私にしたとき、真実が露見するころには、どれほど、緋音は緋音ママを憎むだろうか？　と考えた。

レイプをされたのもそれで自分が売春するようになったのも全てはママのせいだった……。

緋音がそのことに気づくのはかなり時間がかかりそうだ。

私のヴンダーカンマーに集めた人間の中で一番ニブイのが緋音だから。

でも、時間がかかっても、気づいてほしい。

そして、私が絶対できなかったことをしてほしい。

東家への潜入と洗脳は、意外と簡単だった。あの長文メールから、園美ちゃんのメールは来なくなったから、考えられたのは、本当に死んでしまったか、もっと理想的な恋人を見つけたか。この二択。

まあ、死んでるんだろうなと思った。

「私の愛が具現化できたらいいのに。唯香ちゃん、お願い信じて。私、唯香ちゃんのこと、愛してる」

愛しているなら、金だけ払え。

やることやってから言われても、説得力が全然ないんだよ。

だから、やんわり追い詰めた。

保険金の受取人を私にするという世間知らずなメールが来てから、卒業式や入学式なんかで忙しくて、あれほどうるさかった園美ちゃんからの連絡がないことに気づくまで、結構時間がかかった。

たまたまグラウンドを眺めている東陸一を見つけて、園美ちゃんがどうなったか確認しないと、と思い出したのだ。

陸一の顔はよく知っていた。園美ちゃんが居留守を使った時、モニターに映っていた顔を見たことがあったから。


園美ちゃんの話をしたら東陸一は動揺しきっていた。

もうそれで分かってしまったけど、あまり追い詰めたら逃げ出してしまう。

——もう、逃げられない。

と思われるまでは慎重にしないと。そこで、私は作ったばかりの同好会の申し込み用紙を陸一に渡した。


園美ちゃんが愛を具現化とか言うから悪かったんだと思う。

「だったら、私の目の前で死ねる？」

「それは……」

「できないんでしょ？」

「でも……」

「私、園美ちゃんが死ぬとこが見たい。見た時に初めて、園美ちゃんから愛されてるって実感できると思うの」

「唯香ちゃん」

こんなやり取りが何度かあったから、園美ちゃんが死んでいるなら、その「記録」がちゃんと残っているはずだ。

意外とちゃっかりしていたから、自分の死をあらんかぎり有効活用するに違いない。

あー、残念。見たかったなあ、園美ちゃんが死ぬところ。想像するだけで鼻息が荒くなる。

でも、罪悪感で押しつぶされそうにもなる。


——お母さんの宝物を壊してしまって、ごめんなさい。


お母さんに対する罪悪感だけが私の胸を潰す。

どうして、私は、お母さんにこだわってしまうのだろう？

園美ちゃんが私にこだわってしまった理由と同じなのだろうか？

初めて見つけた「愛」だと思えるもの。それに私も園美ちゃんもこだわっている。

お母さんも入って、私たちはじゃんけんみたいな三すくみ。ああ、私は園美ちゃんが私を愛するようにお母さんを愛し、お母さんが私を憎むように園美ちゃんを憎んでいる。園美ちゃんにイライラするのは園美ちゃんが私の鏡だからだ、愛されない顧みられることのない哀れで惨めな自分を見ているのと同じだ。その園美ちゃんが私よりも惨めに死んでいくのを見れば私の心も少しは慰められる気がする。

「同好会？　そんな目立つことをしてどういうつもり？」

「お母さん、大丈夫よ。目立たないようにするから」

「ただでさえ、あなたは目立つの！　いつもそうだった」

ぴしりと私の頬が打たれる。私は、ふわんと多幸感に包まれる。

――今日は触ってもらえた。

「お母さん、でもね、あのお荷物を一気に処分できるチャンスなの」

「もういいのよあれは。このままならこのままで。私ももう覚悟はしているから」

「覚悟なんてしなくてもいいのに」

お母さんは私をキッと睨みつける。映画に出てくる魔女みたいに恐くて綺麗だった。そうかと思うとその顔を俯（うつむ）かせてさめざめと泣きはじめた。

「なんで、あんなことをしたのか……お前さえいなければ。お前さえいなければ」

お母さんはいつもそう言って泣く。

私が存在しなければ「あんなこと」は起きなかったはずだと思う。

でも、私はいつだってお母さんに幸せになってもらいたいだけなのだ。

確かに私は階段にリンスをばら撒いて、胎児が死ぬように仕向けた。

何度お母さんに言ってても信じてもらえなかったけど、私にはあの胎児は、英雄以上の悪魔だってことが分かっていた。

厳密に言えば、英雄は誰も殺してはいないし、性犯罪者ですらない。法律で裁かれる可能性のある出来事を強いてあげるとするなら、英雄が鈴子からあり得ない形で私と兄を取り出したことくらいだろう。

けれど、英雄がお母さんにしていることを思えば、もう一人英雄がいたら……。

そう思い浮かび、行動に移してしまったのは、間違っていないと今でも思うし、本当はお母さんだってそう思っている……というのが私の描く妄想だ。

「お母さんが、顧問になるのが嫌なら、他の先生に頼むこともできるよ」

「そんなこと、不自然でしょう？」

「そんなことないよ。お母さんの担当学年は三年生だし、忙しいからって言えば自然だよ」

「いったいなんのための同好会なの？」

「郷土資料研究会、この町の歴史に親しむための同好会だよ」

「お荷物を処分って言ったでしょう？　本当は、何をする気でいるの？」

「お母さんは知らないほうがいいと思うの」

お母さんは、私の微笑みが浮かんだ顔を見てから視線を自分の手元に移し、しばらく考えてからゆっくりと言った。

「顧問はやるわ……」

「ありがとう。嬉しい」

表向きはなんの問題もない親子。むしろ仲の良い親子でいたほうが、お母さんのためになるはずだ。

お母さんのためになるから、英雄の死後、ばあさんを階段から突き落とした。腰の骨を折って、入退院を繰り返しているうちに、ばあさんは本格的にボケてしまった。今は特別養護老人ホームの待機者で、有料老人ホームに突っ込んでいる。

この、有料老人ホームの費用が馬鹿にならない。

でも、老人ホームに突っ込めたから、こうして、お母さんと二人暮らしができている。

それなら、ずっとそのままの路線でいけばいいと思われるだろう。

でも、私はそれを選びたくないし、いつ、ばあさんが死ぬか分からないのも問題だ。ばあさんが死ねば、この家にあざとい親族が押し寄せる。お荷物を隠し通せるか分からない。

園美ちゃんが死んだことが露見すると、速攻お母さんはこの町から……離れる……はずだけど、教員免許がないのに、なぜか教員になれたお母さんが椿ヶ丘をやめて、他の町へ逃げて、何をするんだろう？

お母さんは本当にしたいことを実行するには、もしかしたら歳を取りすぎているのかもしれない。だから、現状維持でいいのかな？

殺してしまいたいくらい憎い、私と毎日暮らしているのに現状維持をしている、お母さんのことはやっぱり、よく分からない。

「悪魔を生かしておける」

って感覚からして、もう私とはずれているんだろうけど。

私の方がよほど非科学的で、狂っていると思われても仕方ないとは思う。

でもまあ、今から何をしたって、私がお母さんにとって大事な存在になることはない。何十年経っても、たとえお母さんがボケてしまっても、無理だと思う。

世の中にはどうやら、そういうたぐいの罪があるらしい。

生きている限り、贖罪しきれない罪。

私は自分のしたことは、絶対間違っていないと思う。

けれど、お母さんにとってはそうじゃない。そこが問題なんだ。

だから、証明する。英雄の血液に流れる、猟奇的な遺伝子の存在を。

証明することが、難しいなら、でっちあげればいいだけだ。

そして私は、そこに関わる誰かに殺されたい。

誰にも言ったことはないけれど、私は……ずっと死にたかった。

小さなころ、喜々として虫を殺していた。それくらいなら、ありがちだ。

でも小五の時、拾ってきた子猫の首を切って、血しぶきに興奮する自分に、唖然とした。

こういうことを喜んでいたら「お母さん」が悲しむ。でも、何度でも見たかったし、感じたかった。温かい血液が、自分に吹きかかる感覚や温みを持つ肉がそれを失い固まっていくのを。

「お母さん」は絶対こんなことで喜ばない。

ああ。やっぱり、私、おかしいんだなって。確信したのが小五だった。

それからは、全ての基準を「お母さん」にしていた。

私はおかしいから。

もう既に迷惑なのに、このまま生き続けたら、私はいつか、もっと沢山お母さんの迷惑にしかならないことばかりするだろうと予想できた。

これ以上迷惑にならないうちに死にたかった。

自殺は簡単だけど、それも「お母さん」に迷惑だ。

それならば英雄の子どもの誰かに殺されるのが、一挙両得と思えた。

「何にサインすればいいの？」

お母さんは何回か溜息をついてから、書類に目を通しはじめた。伏せた睫毛（まつげ）が美しかった。

美しくて、インテリ。

それがばあさんの地雷だった。

ばあさんは鬼瓦みたいな顔だった。

自分がそうなりたかったと憧れの対象にするべきなのに、それが嫁だと、いびり倒したくなるらしい。

「ここに、サインしてくれるだけでいいから」

「そう」

お母さんは一瞬躊躇いながらもサインをしてくれた。

郷土資料研究会は、こんな風にしてはじまった。


私と一緒に鈴子の腹の中にいた兄にコンタクトを取るのは、私でも緊張した。

もしも兄に、私と同様な記憶力があれば、私と一緒に鈴子の腹の中にいたことを覚えているはずだし、胎児の記憶がなかった場合でも、異常な記憶力がある場合、やりにくい相手であることは間違いなかった。

兄は少なくとも胎児の時、私と一緒に鈴子の腹の中にいた記憶はないらしいとすぐに察した。でなければ、あんなに「鈴子」を神格化できないと思う。鈴子がどれほど私たちを邪魔者に思っていたかを知っていたら、母親の面影をあれほど強く求めないはずだ。

観光スポットにされかけていた兄と話した時に驚いたのは、細かな部分が、誰よりも英雄に似ていたことだ。耳の形、爪の形、眉毛の生え方、指の長さのバランス。

これは、私の身体的特徴でもあった。

血のつながりを一番感じたのは、母親が同じで、双子だからだろう。

そして兄の、誰よりも英雄を憎んでいる生い立ちに、私はかけてみることにした。

この男に、私を殺させよう。そのシナリオをぼんやりと考えはじめた。

東陸一が、私のスマホを盗んだ時、ようやくあの家に入る口実ができたと嬉しくなった。この町一番と言われる大邸宅に再び訪れて少々緊張もした。園美ちゃんが約束を守っていたらと期待もしていた。

そんなに生きてないから、そう感じるのはおかしい。と思われるかもしれないけれど、ここへ園美ちゃんに会いに来たのが、もう何十年も前のことのように思えた。

蔵に入った瞬間、とても興奮した。

拭っても消えないたぐいの臭いがした。蔵の中を見渡して、大体の見当がついた。

段ボールの中に、バッテリーの切れたビデオカメラを見つけて、これが園美ちゃんの私への命がけの贈り物だと気づいた。

これと、マダム東の秘密を切り札に、私は東家を支配することにした。

「ねえ、りーちゃん？　私ね、りーちゃんのパパとママとお話がしてみたいんだけど、二人を呼んでもらえるかな？」

「二人ともまだ帰ってない」

近くにあった目覚まし時計か何かを、陸一の眉間めがけて投げた。

「い、痛い」

「口のききかたを覚えないと、何回でもそこに何かをぶつけてあげる。あ、あれとかよさそう。私やったことないから、楽しめそうだし」

座っていたパソコンデスクから立ち上がり、壁に掛けられたダーツを数本抜いて、構える。

「リピートアフターミー。『二人ともまだ、帰っていません。唯香さま』」

「……二人ともまだ帰っていません。唯香さま」

「よくできました。日本語は正しく使わないとだめだよ。りーちゃん。今すぐ電話して。事故に遭ったとか、なんとでも言えるでしょ？」


驚愕（きょうがく）のスピードで帰って来たのは、マダム東だった。園美ちゃんを埋葬せずに解体した人。

「ちょっと、陸一、どうしたの？　その顔。血が出てるじゃない。それにこの子だれ？　さっきの電話はなんだったの？」

「母さん、この子は……唯香さまは……ねーちゃんのこと何もかも知ってるんだ……」

「何もかもって、どういうこと？」

「俺が、ねーちゃんの脇差しを抜いたことも、母さんたちが、死んだねーちゃんに何をしたのかも。動画があるんだ。動画サイトに非公開でアップされてる」

「なんですって？」

「まあ、つまり、私に何かあれば、なんらかの形で、世界中に配信されちゃうの。あなたたちがしたことが。だから、変な気おこさないでね」

「そんな。どうして？」

「それから、りーちゃんのお母さんと、私、二人でお話がしたいな。りーちゃんはこの部屋から出てくれる？」

「はい」

私の言いなりに自分の部屋から出ていく息子を、何が起きているのかさっぱり分からず、混乱した様子のマダム東に、私はにっこりほほ笑んだ。

「りーちゃんのお母さんは、なんていう名前なの？」

「裕子よ」

「裕子さん、私の顔を見て何か大事なこと、思い出さないかなあ？」

俯いていたマダム東はゆっくり顔を上げて私を見た。その目は大きく見開かれ、顔色は真っ青になった。もう十分かもしれないけど、とどめは刺しておきたかった。

「裕子さんね。ねえ、裕子さん、この写真を見て欲しいんだけど」

私がマダム東に差し出したのは、英雄の写真だった。マダム東、こと、裕子さんは小さく悲鳴をあげた。

「心当たりが、あるみたいだね」

「なんのこと？」

上擦った声で首を振る裕子さんは震えていた。

「DNA鑑定って、昔よりずっと安くて簡単って知ってる？　りーちゃんや、世一さんはこのこと知らないんじゃないかなあ？」

「いくら？　いくら欲しいの？」

「私、お金なんて一言も言ってないよ？　あのね、裕子さん。私は値札のついていないものが欲しいんだよね」

「値札のついていないもの？」

「とにかく、私の言うこと、ちゃんと聞かないと、園美ちゃんの死体損壊の罪で三年くらいかなあ、おつとめしなきゃいけなくなるだろうし、りーちゃんの知られざる出生の秘密まで暴かれちゃうよ？」

「なんでも、言うことを聞きます」

「そう」

そこからは本当に楽しい時間のはじまりだった。

私はしばらく東家に滞在し、東家に出入りしている家政婦や運転手に休みをとらせ、私よりも一分でも長く眠ってしまったら、スタンガンで罰を与えるというのをえんえんとやった。

ショートスリーパーの人間って、拷問とかに最適なのかもね。私より眠らないでいるには、体力と集中力がいる上、睡眠時間を奪えば奪うだけ東一家全員の思考能力が低下する。

ようするに、どんどんあの人たちは馬鹿になっていく、というか、原始的になっていく。

「世一さんは、今日とてもいい子だったから、もう寝てもいいよ。でも今日はりーちゃんが悪い子だったから、りーちゃんに三回ね」

「唯香さま、ありがとうございます」

私の言いなりに、スタンガンを使う世一。悪い子な日は息子の陸一に電気を流される世一。

ものすごくランダムに決めた順番で電気を流された家族は、次第に自分以外のすべてを報告するようになった。

「今日のいい子認定」を私から頂くためだけの、どうしようもなく哀れな作業。

誰だって嘘だと思うはずだ。しょぼい町かもしれないけど、この町一番の資産家一家が、私の機嫌を取るためだけに、罵りあったり、悪口を言ったり、暴力を振るったり、卑屈になったり、媚びたり、甘えたりする。

誰だって「嘘だと思うこと」が沢山あるのが私の日常だったけど、東家のありさまは、仕掛けておきながら、滑稽すぎだと思う。


神様は善良であるかを、いつも試すよね？

時には命を投げ捨てろと言うよね？

言ってなかったとしても、暗にそうしろと言っていて、投げ捨てたらああオッケー、君はやっぱ善良だねってなる話、私的に目についてしまうのは、自分が善良じゃないからだと思う。

しいちゃんのことは大好きだったけど、神様気取りで試したかった。

「たっくんの善良さ」を。

しいちゃんは確かにいっとき、援デリから離れた。それが不自然すぎた。しいちゃんはセックスが好きだったし、パトロンができたようでもなかったから。

「え？　なんで辞めちゃうの？　よそにうつるとか？　誰かの専属になるとか？　待遇になんか不満あるんだったらマネージャーがきっと改善してくれると思うよ？」

「たっくんがね、せいかつほご、したいから、だめっていうのー。よそにいったりしないよう」

その時その場にいた、私も含めての嬢のほとんどが、三日で帰ってくるなと思っていた。

そのことが幸か不幸かは難しい所だけど、しいちゃんがセックスが好きなことをみんな知っていたからだ。

けれど、三日経ってから、その予想はあっけなく崩れ去った。

コーポフジサワの壁は薄い。すべてが聞こえた。

「たっくん。そう。そこ。ああもっと」

しいちゃんの大きすぎて、活字にできちゃう喘ぎ声に嬢たちがドン引きしているなか、私は笑ってしまった。

たっくんはそこまでしてでも、しいちゃんに商品でいて欲しくないんだ。

それが、しいちゃんのためなのか、たっくん本人のためなのかは分からなかったけど、必死さは伝わった。どうしようか迷っていたけど、郷土資料研究会に誘って様子を見ることにした。

コーポフジサワから、待機所を他の場所に移したけど、あの日までは皮肉にも、賃貸契約は続いていた。

たっくんが急いで帰ったあの日。私はゆっくりその後を追うようにコーポフジサワの元待機所に入り、薄い壁に耳をくっつけて二人が言い争うのを聞いた。何かが床や壁に打ち付けられて、揉み合っている様子が聞こえたかと思うと、ふいに静かになった。やがて、しいちゃんを何度も呼ぶ声とすすり泣く男の声が聞こえた。

やっちゃったか、と寂しくなった。

神様ってのが、本当にいるとするなら今すすり泣いているたっくんを、どうにかすべきだよね。善良な人間に、構うことないと思うんだ。

私は、しいちゃん親子の部屋にすうっと入っていった。

そして、東夫妻を呼びつけてしいちゃんをバラした。

たっくんには心から同情した。どん底から這い上がりたい。それだけのために、本当に大事なものを失ったことに、きっとそのうち気づくだろう。

双子の兄の北山耕平は、自分の父親が私の父親なのではないかという疑惑に、どうにか気づいたらしい。「真実が知りたい」と言われたから、そろそろ頃合いだろうと思って、本館に呼び出した。

　本館中央左手の階段の上。

　耕平がうまく逆上してくれなかったら、揉み合った末に落ちたことにしようと思っていた。耕平との待ち合わせより少し後の時間に、たっくんから呼び出されていたから他の郷土資料研究会のメンバー全員も呼び出しておいた。

　みんな、私が死んだらしておかなければならないことがあるだろうし。全員がいたなら耕平がすぐ捕まるという、つまらなさすぎる結末も起こりにくい。

　本館に行くと既に耕平は待っていた。

「真実が知りたいってどういうこと？」

「渋谷の父親が、俺の父親なんじゃないかって思えて仕方がないんだ。俺の勘違いならいいけど、もし、そうなら……俺たちこんな風に一緒にいたら、まずいかもしれない」

「こんな風にって、どんな風？」

「分かってるだろ？　恋人として一緒にいることだよ。万一父親が同じだったらやばいって」

「北山くんのお父さんって、猟奇殺人鬼の可能性があるんだよね？　うちのお父さんは浮気ばっかりしてたみたいだけど、猟奇殺人鬼とはとても思えない」

「俺たち、似過ぎてるとこが多いとは思わないか？　ショートスリーパーで、カメラアイ。最初は、共通点が嬉しかったけどこんな偶然、確率的におかしい。おまけに渋谷の身体のパーツは、見れば見るほど俺に似てる。なあ、一緒にＤＮＡ鑑定受けよう？　俺、違うってちゃんと確信したいんだよ」

　裸の身体を並べてみれば男女でも兄妹は驚くほど共通点が見つかるものだと耕平と最初に寝た時に私はすぐに感動すら覚えたけれど、女を知らなかった耕平は私の身体を隅々まで見比べる余裕はなかなか持てなかった。やっと気づいたのかと呆れる。

「そんなこと、もう今更だよ」

「なんでだよ」

「私、妊娠してる」

「は？　俺の子？　元カレの南条先輩の子じゃなくて？」

「南条先輩とは、一度もセックスしてないから子どもができるわけないでしょ？　あれは東くんに対するカモフラだったんだよ？　まだ、信じてなかったんだ」

「まさか、産むつもりじゃないよな？」

「産みたいって言ったら？」

　返事はなく掴みかかられた。兄は自分の父親が英雄だと確信しているのだ。自分から落ちる必要はなくなった。階段からまんまと突き落とされ、あちこちをぶつけて最後に後頭部を打ち付けた。頭がぬるりと生温かくなり出血したのだと分かった。きらりと光る何かを握りしめた兄が駆け寄ってくる。意識が遠のく中、きっと私がどうして死にたかったのかは誰にも分からないのだろうなと思った。

六年生のあの日、ばあさんが老人会の慰安旅行で留守にしているのを狙い目だと考えた英雄は私のベッドに潜り込んできた。英雄が双子のうち兄でなく私を連れ帰った理由が、その時にようやく分かった。

英雄は赤ん坊の私の子宮もカウントしていたのだ。

けれど英雄の計画は頓挫（とんざ）した。異変を聞きつけたお母さんが防犯用に玄関に置いていた金属バットで、私に覆いかぶさっていた英雄の頭を殴り続けたからだ。

お母さんは、私のためにそうしたのではないかもしれないけど、とにかく英雄は死んでしまった。英雄にとっては誤算だったろう。英雄はお母さんが私に降りかかる不幸や災いに興味がないから見過ごすだろうと思い込んでいたのだ。でも、お母さんは娘の子宮をカウントしている英雄に対する嫌悪と我慢の限界が唐突に来たのだと思う。

お母さんと二人で血まみれの英雄をバスルームに運び、そこから先は私が喜々として解体した。霜村鑑三もびっくりする数のホルマリン漬けをいくつもいくつも作った。

私がお荷物と言っているのは英雄のホルマリン漬けだ。

私が死ねば英雄は私が殺した、ということにしておけるはずだ。

お母さんが、うっかり口を滑らせないかが心配ではあるけど、きっとすべてが露見するころには、お母さんは疑われもしないだろう。

やっと、死ねる……。


今度生まれ変わる時はお母さんに産んでもらおうとは思わない。

産んでもらってもきっと私は、お母さんに疎まれる人生を繰り返す。

せっかく先に死ぬのだから、もし生まれ変わったら「私」が「お母さん」を産んであげる。

「おうま」を何度でも何度でも歌ってあげる。

そうすれば、私、お母さんの「ちいさなかみさま」になれると思うの。


ねえ、お母さん。そうでしょう?

◆出典

『ハムレット』ウィリアム・シェイクスピア／福田恆存・訳（新潮社）

「高瀬舟」森鷗外（『山椒大夫・高瀬舟』新潮社）

『ハツカネズミと人間』ジョン・スタインベック／大浦暁生・訳（新潮社）

『風と共に去りぬ（一）』マーガレット・ミッチェル／大久保康夫　竹内道之助・訳（新潮社）

「地獄変」芥川龍之介（『地獄変・偸盗』新潮社）

『異邦人』アルベール・カミュ／窪田啓作・訳（新潮社）

「おうま」林柳波・作詞／松島つね・作曲（『大人のための教科書の歌』川崎洋　いそっぷ社）

あとがき

私はよく悪夢を見ます。

一番酷い悪夢はわが子が死ぬ夢です。

本当のわが子が死んでしまう夢は、目覚めるとすぐに彼らの生存確認をしなければいけないほど生々しく、そういう夢を見た日は一日中脈が速くなっているような気がします。

本当のわが子ではない時もあります。夢の中の非現実なストーリーの中、私はその子たちの母親で、そのストーリーの中で私の子どもが死んでしまいます。フィクション性が強いためか本当に酷い悲惨な結末を迎えるので、とてつもない喪失感に一日中頭がぼうっとすることもあります。

こういったわが子が死ぬ夢を見るようになったのは、自分が母親になってからです。

それまで悪夢といったら圧倒的に自分がピンチに陥ったり殺されたりするものだったのですが、こちらはあまり見なくなりました。

私は恐怖というものはとても個人的なものだと考えています。

きっと、私自身に子どもができたことで、自分の目の前でなすすべもなくわが子が死んでしまうことが私にとっての最大の恐怖に更新されてしまったのだろうなと考えています。それまで恐いと思っていたこと全てが霞んでしまったのかもしれません。自分が最も恐れていることを夢に見るようになったのでしょう。

私にとっての恐怖はそうですが、広く子どもというものにとっての恐怖はどんなものでしょうか？

暴力に脅かされることでしょうか？

精神的に虐げられることでしょうか？

自由を与えて貰えないことでしょうか？

子どもらしさを奪われることでしょうか？

或いは子どもらしさを強要されることでしょうか？

きっとこの全てであり、これが全てではないと私は考えています。

そして、この作品の中で子どもたちの恐怖の一部は描けたのではないかと思います。

あなたにとっての恐怖は何でしょう？　それが現実のことではないことと現実にあったことでないことを私は切に願います。


私に小説を書くきっかけをくれたのは小説投稿サイト・エブリスタでした。子どものころから読書は好きな方でしたが、自分で書くという発想はなかなか抱けませんでした。エブリスタでは老若男女色んな方が作品を書いていました。

「ああ、小説って自分で書いてもいいのか！」

と率直に感動しました。

書きはじめてみたものの、私はとても飽きっぽい性格なので自分でも続かないだろうと思っていたのですが、ウェブで読んでくださる方が一人でもいる。という環境が私には合っていたようです。小説を書くということは自分の頭の中を覗いてもらうようなところがあるので、書きはじめたころはなかなか照れとか恥ずかしさというものが抜けなかったのですが、面白いという感想をいただく度にその照れや恥ずかしさが遠ざかっていきました。これは小説を書く上では本当に肝心なことであると今の自分は特にそう考えているので、エブリスタで書いていて良かったと実感しています。読者様が私の殻を一つずつ壊していってくださったのだと思います。私を育ててくれたのはウェブで読んでくださった読者様です。

そして、ありがたいことに、この作品で「エブリスタ小説大賞二〇一八　竹書房　第一回最恐小説大賞」をいただくことができました。この作品は自分でもかなり挑戦したことが沢山ある、思い入れのある作品でしたので大賞受賞の連絡をいただいた時は本当に嬉しかったです。

この作品を書くきっかけになったのは友人のクリエイターに「ご当地小説を書いてみたら？」と言われたことでした。私の地元は岡山県津山市です。私が津山市で一番のおすすめスポットだと考えているのが「つやま自然のふしぎ館」です。

察しのよい方はお気づきになられたかと思います。「城の里ふしぎ博物館」は実在する博物館をモデルにしました。

最恐小説大賞をいただけるほど恐いお話になってしまったのは、子どもだった自分にとってあのヴンダーカンマーは好奇心を満たしてくれると同時にちょっと恐い場所でもあったからだと思います。ご興味を持たれた方は機会があれば是非行ってみていただきたいです。驚くことは請け合います。


最後になりましたが、「面白い」と言ってくださったエブリスタのM様、的確なアドバイスを沢山くださいました竹書房のO様本当にお力を貸していただきました。ありがとうございます。

この作品に関わってくださった皆様に感謝を。

そして、読んでくださった皆様、本当にありがとうございます。

今後も地元やご縁のある土地を舞台に恐い話を書けたらいいなと考えています。いつか津山市が日本のメイン州と呼ばれるようになったら最高なのですが。これからも精進していきたいと思います。

令和二年　春

星月　渉

エブリスタ

ヴンダーカンマー

2020年7月23日　初版第1刷発行

著　星月 渉
カバー　橋元浩明（sowhat.Inc）
発行人　後藤明信
発行所　株式会社　竹書房
〒102-0072　東京都千代田区飯田橋2-7-3
電話 03-3264-1576（代表）
電話 03-3234-6208（編集）
http://www.takeshobo.co.jp
印刷所　中央精版印刷株式会社

定価はカバーに表示しています。
落丁・乱丁本は当社までお問い合わせ下さい。

ISBN978-4-8019-2331-7 C0093